그만큼 아팠으면 됐다

그만큼 아팠으면 됐다

초 판 1쇄 2023년 12월 21일

지은이 권요셉
펴낸이 류종렬

펴낸곳 미다스북스
본부장 임종익
편집장 이다경
책임진행 김가영, 박유진, 윤가희, 이예나, 안채원, 김요섭, 임인영

등록 2001년 3월 21일 제2001-000040호
주소 서울시 마포구 양화로 133 서교타워 711호
전화 02) 322-7802~3
팩스 02) 6007-1845
블로그 http://blog.naver.com/midasbooks
전자주소 midasbooks@hanmail.net
페이스북 https://www.facebook.com/midasbooks425
인스타그램 https://www.instagram/midasbooks

© 권요셉, 미다스북스 2023, *Printed in Korea*.

ISBN 979-11-6910-423-4 03810

값 17,500원

미다스북스는 다음세대에게 필요한 지혜와 교양을 생각합니다.

그만큼 아팠으면 됐다

권요셉 저

우울과 분노 사이에서 헤매는 당신에게

미다스북스

도망치는 것이 습관이 되었다   좌절과 포기

 PART 2

용서와 사랑   **받으니 줄 수 있었다**

PART 3

다시 사랑할 수 있게 되었다 화해와기쁨

머리글

등대를 발견했다면 당신은 안전하다는 뜻이다

나는 가정폭력 피해자이면서 동시에 학교폭력 피해자이다. 내가 버텨온 시간들은 정말이지 하루하루가 지옥 같았다. 나는 언제나 이런 지옥 같은 삶에서 벗어나고 싶었지만 그때마다 점점 상황은 악화될 뿐이었다. 그런 나에게 잠시나마 소심한 복수를 할 기회도 있었지만, 그 순간만 시원했지 더 아프고 힘들어졌다. 그래서 너무나도 죽고 싶었지만 그것마저도 내 뜻대로 되지 않았다. 이 세상에 태어나는 것을 내가 선택할 수 없듯이, 죽는 것 또한 선택할 수 없었다. 정말 무슨 짓을 해도 죽어지지 않았다. 이런 나의 가혹한 현실과 삶은 너무 답답하고 숨 막혔다. 그래서 나는 복수심을 원동력으로 삼아 살아가기 시작했다. 그렇게 시작된 나의 20대는 처참히 망가져 버렸다. 마치 베드버그에 물린 것 같이 말이다.

해외에서 워킹비자로 일하던 시절 '베드버그' 일명 '빈대' 때문에 고생을 한 적이 있다. 보통 내 피를 빨아먹는 빈대는 눈에 보이는 다 큰 성체뿐일 거라고 생각하지만 아니다. 진짜 내 피를 빨아먹는 주된 범인은 눈으로 식별조차 하기 힘든 작은 새끼 빈대들이다. 내 피를 빨아먹고 어느 정도 클 때까지 기다려야만 잡을 수 있다. 그게 아니고선 불로 태우는 방법밖엔 없다. 베드버그에 물려본 사람들은 안다. 물리고 나면 얼마나 참기 힘들 정도로 간지러운지 말이다. 신기한 것은 긁으면 긁을수록 간지럽고 긁으면 긁을수록 온몸으로 퍼져나간다. 긁으면 딱 그 순간만 시원하고 그다음부터는 3종 세트로 아프고 따갑고 간지럽다. 딱 내 인생이 베드버그에 물린 것과 같았다.

나는 태어나면서부터 생사의 고비를 넘어야 했다. 그리고 초등학교 시절엔 이사를 많이 다니느라 적응하는 데 어려움을 겪어야 했고, 중학교 시절엔 학교폭력과 가정폭력을 동시에 겪어야만 했다. 그렇게 버텨 고등학교에 갔지만 자퇴하고 말았다. 자퇴한 이후의 삶은 그동안 쌓여온 트라우마와 부작용으로 또다시 지옥 같은 20대를 보내야만 했다. 30대가 되었을 땐 모든 것을 다 잃고 빈털터리가 되었다. 나의 인생 전반을 돌이켜보면 포기, 실패, 우울, 분노, 차별, 혐오, 비교, 가난이란 단어들로밖에 설명이 되지 않는다.

그렇게 모든 것을 포기하려던 순간 나에게 선물같이 찾아온 사람들을 통해서 나는 기적적으로 살게 되었다. 그리고 운이 좋게도 나를 찾아온 좋은 사람들을 통해 고마움과 미안함을 배우기 시작했고, 그 후 내가 상처를 준 사람들에게 용서를 구하고 용서를 받으면서 화해를 배울 수 있었고 회복될 수 있었다.

내가 이 책을 쓰는 이유는 내가 경험했던 화해에 담긴 비밀들을 모든 사람이 알았으면 해서이다. 사람에게 상처받고 관계를 끊고 혼자서 세상을 살아가는 즐거움이 아니라, 용서하고 화해함으로써 함께 나누고 도우며 살아가는 기쁨을 말이다. 나도 과거에는 복수만이 유일한 해결책이라고 생각하고만 살았었다. 그리고 한때는 용서에 꽂혀 용서만을 외치고 다닌 적도 있다. 나는 평소에 해보고 싶은 것들이 있으면 후회를 하더라도 꼭 해봐야 하는 성격이다. 그래서 해 보지 않고 후회하는 것보다, 해보고 후회하는 것을 좋아한다. 다르게 말하면 하기 싫은 건 죽어도 하지 않는다는 뜻이다. 이런 내가 용서를 배웠고 화해를 선택했고 용기를 냈다. 그래서 나는 이전과는 완전히 다른 삶을 살아가고 있다. 우울과 분노에서 벗어난 평범하고 행복한 삶을 말이다. 나는 이 책이 캄캄한 바다 한가운데서 방향을 잃고 헤매는 당신에게 한 줄기 작은 등대의 불빛이 되어주길 바란다.

PART 1

어려움과 괴로움

선택할 수 없어서 아팠다

1. 태어날 때부터 아팠다

1988년 12월 나는 칠삭둥이라고 불리는 7개월 쌍둥이 조숙아로 세상에 태어났다. 그래서 태어나자마자 인큐베이터에 들어가야 했다. 또 원인 모를 병을 가지고 태어났기에 인큐베이터에 오래 있어야 했다. 의사의 말로는 내가 살 수 있는 확률은 17퍼센트 미만이었고, 금방 죽을 것이었다. 만약 기적적으로 생사의 고비를 넘긴다고 하더라도 9살을 넘기긴 힘들 것이라고 했단다. 그렇게 의사의 권유로 출생신고도 하지 않았는데, 나보다 가능성이 작았던 쌍둥이 동생은 죽고, 나는 기적적으로 살아남게 되었다.

의사의 말대로 내 유년 시절은 하루하루가 외줄 위를 걷는 것처럼 위태했다. 하루도 쉬지 않고 코피를 쏟아서 콧구멍이 헐어 숨을 쉴 때마다 아팠고 언제나 힘이 없었다. 그리고 유독 허리통증이 심해 움직이지 못하고 식은땀을 흘리며 앓는 날이 많았다. 그래서 나는 매일 잠에 들 때면 다음 날엔 부디 잠에서 깨어나지 않기를 간절히 기도하곤 했다. 마치 잠자는 숲속의 공주처럼 말이다. 이처럼 나의 어린 시절은 하루하루가 지옥이었다.

내가 6살이 되었을 무렵 우리 가족은 산으로 둘러싸인 어느 오지마을로 이사를 하게 되었다. 우리 집 주변에서 집이라고는 찾아볼 수 없었다. 그래서 매일 혼자서 놀아야만 했다. 읍내에 한 번 나갔다 오려면 하루를 몽땅 사용해야 할 정도로 인프라가 열악한 곳이었다. 당시 나의 아버지는 작은 교회에서 전도사를 하고 있었다. 평일에는 서울에서 대학원을 다녔고 주말에는 작은 교회에서 전도사 일을 했다. 그래서 평일에는 아버지의 얼굴을 전혀 볼 수가 없었고 주말이 되어야만 아버지를 볼 수 있었다. 하지만 이마저도 너무나 짧았다. 서울에서 집까지의 거리가 멀었기 때문에 아버지는 토요일 저녁에 왔다가 일요일 점심이면 다시 서울로 돌아가야 했다. 그래서 나는 아버지가 집에 오는 토요일 저녁만을 오매불망 기다렸다. 어찌나 시간이 더디게만 가는지 하루가 1년 같았다. 어머니가 있긴 했지만 어머니는 나와 놀아주지 않았다. 그래서 매일 혼자서 자연을 친구 삼아 놀았던 기억밖엔 없다. 혼자 노는 일은 너무 따분하고 지루했다.

부모님은 내가 7살이 되던 해에 동생을 만들어 주었지만 나는 이전보다 훨씬 더 외로워졌다. 왜냐하면 동생이 태어나면서부터 부모님과 주변 사람들의 사랑을 독차지했기 때문이다. 당시 우리 가정은 평범한 가정이었지만 계획적으로 태어난 동생과는 달리 나는 계획에도 없는 속도위반으로 태어났다. 나는 내가 그래서 부모님의 사랑을 받지 못한 것이라고 생각했었다. 자식을 낳기만 한다고 부모가 되는 것은 아니다. 좋은 부모가 될 자신이 없다면 자식을 함부로 낳으면 안 된다. 그건 부모와 자식 둘 모두가 힘들어지는 길이기 때문이다. 나는 이렇게 태어나는 순간부터 아팠고 외로웠다.

2. 사랑의 매였을까?

부모님의 직업 특성상 우리 가족은 자주 이사해야만 했다. 우리 가족은 내가 초등학교를 입학하면서부터 이사를 하기 시작했다. 거의 1년을 주기로 옮겨 다녔고 가는 곳마다 우리 가족은 사람들의 지나친 관심을 받았다. 그래서 우리 가족은 언제나 남들보다 성실하고 모범이 되어야만 했다. 대체로 누군가를 리드하고 가르치는 직업을 가진 사람들의 가족에게는 많은 관심이 주어지고 엄격한 잣대가 적용되듯이 우리 가정도 그러했다.

그래서인지는 몰라도 나의 부모님은 늘 남들의 시선을 많이 의식했다. 그리고 늘 조심하려고 애썼다. 특히나 어디로 튈지 모르는 나를 유독 엄격하게 통제했다. 그도 그럴 것이 나는 일요일마다 교회에 앉아 성경을 보고 모범생처럼 앉아 있는 것을 싫어했다. 그래서 나는 일요일마다 교회에 나온 친구들을 꼬드겨 물고기를 잡으러 다니곤 했다. 이런 청개구리 같은 나의 모습은 교회 어른들에겐 눈엣가시였다. 가끔 어른들을 마주칠 때면 "전도사 아들이 공부도 잘하고 다른 사람에게 모범이 되어야지."라는 소리를 들어야만 했다. 이사를 하는 곳마다 듣는 소리여서 나는 이 말이 너무나도 싫었다.

어찌나 나에게 관심이 많은지 성적표가 나오거나 친구랑 다투는 날은 내가 말하지 않아도 그 소식이 부모님의 귀에 들어가 있었다. 마을 사람들의 지나친 관심과 가벼운 입 때문에 말이다. 나에 대한 이런 좋지 않은 소문이 퍼질 때마다 아버지는 '그럴 수도 있지.'라며 넘어가 주었지만 어머니는 '남들 보기에 쪽팔려서 너 때문에 얼굴을 못 들고 다닌다.'라며 절대로 그냥 넘어가 주지 않았다. 부모님의 부부싸움은 날이 갈수록 잦아졌다. 그리고 꼭 그 불똥은 나에게 튀곤 했다.

부부싸움이 잦아질수록 내가 혼나는 횟수도 그만큼 많아졌다. 당시엔 혼날 때 종아리나 손바닥을 회초리로 맞곤 했다. 이런 것을 보통 사랑의 매라고 불렀다. 하지만 계속해서 혼나는 일이 많아지자 사랑의 매는 없어졌다.

내가 초등학교 3학년 때의 일이었다. 이날도 나의 성적표로 인해 부모님은 서로 고성을 주고받으며 싸우기 시작했다. 그리고 싸우는 소리가 잦아들 때쯤 나는 회초리를 맞을 시간이 되었다고 생각해 종아리를 걷고 기다리고 있었다. 그런데 갑자기 방문이 벌컥 열렸고 아버지는 다짜고짜 나의 뒤통수를 주먹으로 때렸다. 그리고 맞은 순간 앞이 보이지 않았다. 눈을 아무리 깜빡여도 온통 세상이 흰색으로만 보이고 별만 보일 뿐이었다. 나는 그 순간 너무 무섭고 겁이 나 울기 시작했다. 내가 아무리 앞이 안 보인다고 외쳐도 아버지는 엄살 피우지 말라며 차고 있던 벨트를 풀어 계속해서 사정없이 나를 때렸다.

순간 나는 속으로 '이렇게 죽는구나.' 싶었다. 이때 나는 태어나서 처음으로 아버지에게 개 맞듯 맞았다. 맞은 부위들이 어찌나 화끈거리고 얼얼한지 수영장에서 물을 코로 먹은 느낌이었다. 다행히 시간이 지나면서 시력은 점차 회복되었지만 그날 이후로 나는 부모님이 너무나도 무서워졌다. 사랑은 하는데 무섭고 두려워서 몸이 다가가지지를 않는다고 표현해야 할까? 마치 사랑하던 강아지에게 한 번 물리고 나서부터는 선뜻 다가가기가 어려운 것처럼 말이다. 그날 이후 나는 학교 끝나고 집에 들어가기가 싫어졌다. 그렇다고 밖에서 시간을 보내다 집에 들어갈 수도 없었다. 집에 늦게 가면 늦게 왔다고 혼났기 때문이다.

　무엇이든 처음이 어렵다. 폭력도 마찬가지이다. 폭력은 마치 마약과도 같아서 어느 순간부턴 양심이나 죄책감 같은 말랑한 것들은 사라지고 없다. 세상에서 가장 비열한 짓은 자기 가족을 때리고 자신보다 약한 존재를 때리는 것이다.

3. 집의 기둥이 무너졌다

어느 날 갑자기 나의 아버지는 소리 소문 없이 사라지고 말았다. 우리 집은 물론이고 온 동네엔 비상이 걸렸다. 당시 아버지는 동네에서 크고 작은 일들을 도맡아 처리하고 있었기 때문이다. 3일이 지나도 아버지의 행방을 알 수 없자 어머니는 어린 동생을 데리고 아버지를 찾기 위해 도시로 떠났다. 당시 초등학교 3학년이었던 나는 덩그러니 혼자 집에 남겨졌다. 동네 친구들이 있어서 외롭고 심심하진 않았지만 혼자서 잠을 자고 집을 지키는 일만큼은 무서웠다. 당시에 내가 살던 곳은 첩첩산중 시골이었다. 그래서 저녁이 되면 앞이 보이지 않을 만큼 어두컴컴했다. 게다가 시골 특성상 7시면 모두 취침에 들어갔기에 정적만이 가득해졌다. 나는 무서움을 달래기 위해 매일 TV를 켜놓곤 했다. 하지만 지금처럼 24시간 동안 쉬지 않고 방송이 나오던 시절이 아니었기에, 자정이 넘으면

'치이이이' 소리만 날 뿐이었다. 자정이 지나 티브이를 끄고 자려고 누우면 부엉이나 고라니 같은 동물 소리 때문에 무서워서 잠을 설쳐야 했다.

그러던 어느 날 저녁 나는 일찍 잠에 들기 위해 이불을 머리끝까지 뒤집어쓰곤 침대에 누웠다. 그런데 갑자기 '쾅쾅쾅' 문을 두들기는 소리가 들렸다. 나는 멧돼지나 산짐승이 문을 두드리는 줄 알고 무서워서 나가보진 못하고 이불 속에서 울기 시작했다. 그런데 그 순간 "문 열어!" 하는 남성의 목소리가 들려왔다. 나는 드디어 아버지가 집으로 돌아온 줄 알고 너무나도 반가운 마음에 이불을 박차고 나가 문을 활짝 열어젖혔다. 그런데 내 앞에 서 있는 사람은 그토록 내가 보고 싶어 했던 아버지가 아닌 친구의 아버지였다. 친구의 아버지는 술에 잔뜩 취해 술 냄새를 풍기며 비틀거리며 서 있었다. 문을 연 순간 친구의 아버지는 다짜고짜 나의 멱살을 잡고선 "니네 아빠 그 새끼 어디 있노? 어디 있냐고!?"라고 소리치기 시작했다. 나는 어안이 벙벙해 울음밖에 나오질 않았다. 그러자 친구의 아버지는 "니는 알고 있제? 니네 엄마도 그 새끼 어디에 있는 줄 알고 찾으러 나간기고? 다 한통속 아이가?"라는 도통 이해할 수 없는 말들만 내뱉을 뿐이었다.

평소에 내가 아는 친구의 아버지는 세상 그 누구보다도 다정다감하고 친근한 분이었다. 친구의 집에 놀러 갈 때면 언제나 반갑게 맞아 주시던 분이셨다. 하지만 지금 내 앞에 술에 취한 채 서 있는 친구 아버지의 모습은 그저 어색하고 무섭기만 했다. 나는 용기 내어 친구 아버지에게 "저도 몰라요. 저도 아빠가 보고 싶다구요!"라며 울먹이는 목소리로 대답했다. 그리고 그 순간 큰 소리에 잠에서 깬 이웃분들이 나오면서 상황은 종료될 수 있었다. 하지만 친구의 아버지는 다음 날도 그다음 날도 술에 취한 채 한밤중에 우리 집을 찾아왔다. 나는 영문도 모르고 친구 아버지의 술주정을 들어야만 했다. 그러던 어느 날 친구의 아버지는 멀쩡한 모습으로 나를 찾아왔고 나는 그동안 알지 못했던 사건의 전부를 들을 수 있었다.

사건의 전말은 이러했다. 친구의 어머니는 아버지 교회 교인으로 아버지의 일을 옆에서 열심히 도와주었다. 그런데 화목한 줄로만 알았던 친구의 집은 우리 집과 마찬가지로 부부싸움이 잦았다고 한다. 자연스럽게 나의 아버지는 친구 어머니의 고민 상담을 자주 했다. 그러다 친구의 부모님은 크게 부부싸움을 하였고 참다못한 친구의 어머니는 짐을 싸서 도망을 쳤다고 한다. 나의 아버지는 친구의 어머니를 쫓아갔고, 그렇게 두 사람은 함께 행방불명이 된 것이었다.

시간이 지나면서 동네엔 이상한 소문이 돌기 시작했다. 당연히 그 소문은 나의 아버지와 친구 어머니와 관련된 소문들이었다. 나는 매일 학교에 가기 위해서 동네 한가운데를 가로질러서 가야 했고, 큰 나무 밑 정자에 모여 있는 동네 어르신들을 마주쳐야 했다. 그런데 이상한 소문이 퍼지고 난 후부턴 정자 앞을 지나갈 때면 어르신들이 재수가 없다며 침을 뱉어대기 시작했다. 그리고 학교에도 이미 이상한 소문이 퍼져 친구와 나는 전교생의 놀림을 받아야만 했다. 친구들은 "니네 아빠랑 쟤네 엄마가 사랑에 빠졌으니 너희 둘도 사귀면 되겠네!"라며 놀려댔다. 나는 이런 상황을 그저 참고 견딜 수밖에 없었다. 당시 나는 빠져나가지 못하는 감옥에 갇혀 형벌을 받는 느낌이었다.

사건의 진실은 사건의 당사자가 제일 잘 알 것이라고 본다. 어쨌든 나의 아버지의 이기심과 섣부른 행동이 가정의 불화를 만들었다. 아니 어쩌면 가정의 불화가 이런 상황들을 만든 것은 아닌지 모르겠다. 아프리카 속담 중에 "한 아이를 키우려면 온 마을 사람들이 필요하다."라는 말이 있다. 단 한 번이라도 동네 사람들이 나를 향한 비방과 조롱을 멈추고 내 편이 되어 주었다면 어땠을까? 하는 생각을 가끔 하곤 했다. 이제는 팽배해져 버린 개인주의와 이기심 때문에 마을이 수많은 아이를 절망으로 내몰고 있는 것 같아서 마음이 너무 아프다.

4. 비행기가 날지 못한 이유

아버지의 외도사건으로 온 마을 사람들이 나에게 침을 뱉어댔고 학교에선 친구들이 놀려댔다. 그래서 학교에 가기가 너무 무서웠다. 집 가기는 더 무서웠다. 그렇다고 시골이라 딱히 갈 곳도 없었기에 그저 답답하고 괴로울 뿐이었다. 당시 나의 담임 선생님께서는 이런 나의 상황과 사정을 알고 계셨는지 갑작스러운 제안을 해 오셨다. 제안인즉슨 과학의 날 행사를 위해서 방과 후 자신과 함께 고무 동력기라는 모형 비행기를 만들어보지 않겠냐는 것이었다. 선생님의 갑작스러운 제안에 나는 고민할 것도 없이 하겠다고 했다. 나는 매일 그렇게 선생님과 함께 수업 후 교실에 남아 모형 비행기를 만들기 시작했다. 선생님께서는 퇴근도 하지 않고 늦게까지 학교에 남아 저녁도 사주시고 간식도 사주시면서 가르쳐주셨다. 그런 선생님 덕분에 저녁을 해결할 수 있었고 남들이 자는 시간에 눈치 보지 않고 집에 들어갈 수 있었다. 앞서 말했듯이 시골 사람들이라 7시면 모두 잠자리에 들었기 때문에 아무도 마주치지 않고 집에 갈 수 있었다.

선생님은 함께 모형 비행기를 만들 때마다 나에게 꿈을 가지라고 말씀하셨다. 그리고 어떤 꿈을 꾸든 이룰 수 있다고 말씀해 주셨다. 함께 완성한 모형 비행기에 고무줄을 감아 날릴 때도 "너도 하늘 높이 날아 올라가는 저 비행기와 같이 될 수 있어!"라며 응원해 주셨다. 사실 평소에 내가 알던 담임 선생님은 무뚝뚝하고 무서운 분이셨기에 나에게 해주시는 좋은 말씀들이 그저 의아하기만 했다.

그렇게 선생님과 함께 비행기를 만들고 날리면서 나는 선생님이 편해지기 시작했다. 그리고 선생님 덕분에 파일럿이라는 꿈도 생겼고 나도 선생님처럼 멋지게 비행기를 만들어서 하늘 높이 날리겠다는 목표도 생겼다. 그래서 나는 집에 가서도 완성된 비행기를 분해하고 다시 만들 만큼 비행기를 만드는 것에만 집중했다. 비행기에만 집중하다 보니 자연스럽게 사람들을 신경 쓰지 않을 수 있게 되었다. 그렇게 열심히 연습을 한 결과 나는 선생님처럼 멋진 비행기를 만들 수 있게 되었다. 하지만 선생님처럼 멋지게 비행기를 날리지는 못했다. 이상하게도 내가 비행기를 날릴 때면 비행기가 바닥으로 곤두박질쳤기 때문이다.

　그렇게 오랜 연습 기간을 마친 뒤 나는 선생님과 함께 군내에서 열리는 고무 동력기 대회에 출전하게 되었다. 고무 동력기 대회는 2차로 나뉘어 진행이 되었다. 1차로는 만든 비행기의 외형을 보고 점수가 매겨졌고, 2차로는 고무줄을 감아 날려 하늘에 머무는 체공시간이 가장 많은 순으로 순위가 매겨졌다. 오래 연습한 만큼 1차 심사는 무난하게 통과할 수 있었다. 하지만 2차인 비행기를 날리는 일에서 문제가 생기고 말았다. 지금까지 내 방식대로 날려서 실패했으면 선생님의 조언대로 날릴 법도 한데 황소고집이었던 나는 또다시 내 고집대로 날렸던 것이다. 결국 비행기는 바닥으로 곤두박질치고 말았다. 선생님이 조언을 해주셨음에도 불구하고 말이다. 선생님의 조언은 이러했다. 첫째, 바람이 불어오는 방향으로 마주 선 상태로 비행기를 날릴 것! 그리고 둘째, 비행기를 바로 날리지 말고 프로펠러를 놓은 뒤 균형이 잡힐 때까지 몇 초간을 기다릴 것! 하지만 나는 비행기가 균형을 잡기 위해 허비되는 그 몇 초의 시간이 아까웠고 바람이 뒤에서 비행기를 밀어주는 것이 더 유리하다고 생각을 했기에 그럴 수 없었다.

실망한 나는 바닥에 곤두박질친 비행기를 놔둔 채 뒤돌아섰다. 그러던 그 순간 담임 선생님은 바닥으로 곤두박질친 나의 비행기를 주워들곤 선생님의 방식대로 다시 날리셨다. 내게 늘 보여주시던 그대로 맞바람이 불어오는 방향으로 서서 균형이 잡힐 때까지 기다렸다가 날리셨다. 그리고 선생님은 뒤돌아선 나를 부르셨다. "요셉아, 저거 봐! 네가 만든 비행기다. 봐봐!"라며 내 어깨를 잡고 비행기가 날아가는 방향으로 나를 돌아 세우셨다. 선생님의 말씀대로 내 비행기가 날아가는 모습이 어찌나 멋지고 아름다운지 내가 만든 것이 맞나 싶을 정도였다. 그곳에 있던 사람들마저 하던 행동들을 멈추고 바라볼 정도로 완벽했다.

　그렇게 아쉬운 마음을 가지고 돌아오는 차 안에서 선생님은 의기소침해 있는 나를 응원해 주셨다.

　"오늘 네가 만든 비행기는 흠잡을 곳 없이 완벽했어. 단지 네가 겁냈기에 비행기가 날지 못했을 뿐이야. 요셉이 너라는 사람은 이미 완벽한 존재야. 그러니깐 겁먹지도 말고 피하지도 말고, 너 자신을 다그치지도 말고 자책하지도 말고, 그저 너 자신을 위해서 묵묵히 기다려 줘. 그럼, 분명 언젠가 오늘 하늘 높이 날아간 비행기처럼 높이 날아오를 거야. 알았지?"

사실 그땐 선생님의 말씀이 이해되지 않았다. 그러나 지금은 그때 선생님이 나에게 해주신 말씀을 이해한다. 선생님은 어린 내가 상처받지 않도록 나의 시선과 관심을 온통 다른 곳으로 돌려놓아 주셨다. 그리고 선생님은 오직 나의 눈높이에 맞춰 친구가 되어주셨다. 내가 만난 내 인생의 진짜 선생님이셨고 아버지이셨다.

5. 내게도 폭력의 DNA가 있을까?

아버지가 실종되고 몇 달의 시간이 흘렀다. 어느 날 아버지에게서 전화가 걸려 왔다. 그토록 꿈에 그리던 아버지와 통화를 하게 된 것이다. 아버지와 씩씩하게 통화할 수 있을 줄 알았는데 막상 아버지의 목소리를 들으니, 눈물이 왈칵 쏟아졌다. 아버지는 울고 있는 나에게 조만간 꼭 다시 돌아갈 거라며 약속했고 미안하다고 하셨다.

그때쯤 학교에서는 가을 운동회 연습이 한창이었다. 사실 운동회라는 것이 부모님에게 멋진 모습을 보여주고 자랑하는 자리이지 않은가. 그동안 나는 보여줄 사람이 없었기에 연습하지 않고 있었다. 하지만 아버지에게 연락이 온 순간부터 내게도 보여줄 사람이 생긴 것이다. 그날부터 나는 아버지가 돌아올 날을 고대하며 열심히 연습에만 매진했다. 당시 나는 달리기 계주 대표로 뽑혔었기 때문에 나는 학교가 끝나고 매일 달리는 연습을 하기 시작했다. 꼭 1등을 해서 아버지를 웃게 해주고 싶다는 바람이 생겼기 때문이다.

그렇게 가을 운동회 날이 다가왔고 나는 운동회가 진행되는 동안 계속해서 아버지를 찾기 위해 두리번거렸다. 하지만 아무리 기다려도 아버지는 나타나지 않았다. 정말로 열심히 준비했기에 실망감은 컸다. 그리고 그렇게 달리기 계주 순서가 코앞으로 다가왔다. 그런데 그 순간 아버지가 학교 정문에 모습을 드러냈고 나는 반가운 마음에 곧장 아버지에게로 달려갔다. 반갑게 인사를 나누기도 전에 아버지는 나를 갑자기 차에 태우더니 그 길로 도망치듯 운전하기 시작했다. 나는 체육복 하나만 입은 상태로 성남에 있는 할아버지 집으로 야반도주하게 된 것이다.

당시 할아버지는 중풍에 걸려 하루 종일 누워서 생활하고 있었고, 할머니는 생활비를 벌기 위해 평일 동안 부잣집에서 가정부로 일을 하느라 주말이 되어야만 집으로 돌아오시곤 했다. 할아버지 집에는 작은아버지 이혼 후 맡겨진 사촌 누나와 사촌 동생도 있었다. 그렇게 나의 할아버지와 사촌들과의 성남 생활이 시작되었다.

성남에 있으면서 알게 된 사실이지만, 아버지와 형제들은 어릴 적부터 할아버지에게 엄청나게 맞으면서 자랐다고 한다. 할아버지는 화가 나면 온 가족들을 때리는 폭군이었다고 한다. 화가 나면 차고 있던 벨트를 풀어서 때리거나, 주변에 있는 야구 방망이나 몽둥이로 화가 풀릴 때까지 때려야만 끝이 났다고 한다. 그래서일까? 아버지와 형제들은 학창 시절 많은 사고를 치고 다녔고 경찰서에 불려 가는 일이 많았다고 한다. 이런 과거들을 겪어 와서 그런지는 몰라도 아버지와 형제들은 하나같이 폭력적이다. 때문에 모두 이혼을 했고 그 자식들은 모두 할아버지 손에 맡겨졌다.

나는 성인이 된 후, 욱해서 일을 그만두는 일이 정말 많았다. 그럴 때마다 생각했다. 어쩌면 나도 폭력적인 유전자를 물려받아서 그런 것일지도 모른다고 말이다. 꼭 누군가를 때리고 겁을 주어야만 폭력이 아니다. 자신의 감정을 컨트롤하지 못하고 자신을 억압하는 일도 폭력이다. 언젠가 할머니가 나에게 들려준 이야기가 있다. 할아버지는 스스로가 얼마나 폭력적이고 다혈질적인 사람인지를 잘 알고 있었지만 욱하는 자기 자신을 컨트롤하지 못했다고 한다. 그래서 매번 할머니 앞에서 무릎 꿇고 빌면서 자기 손목을 제발 잘라 달라며 애원했다고 한다. 그럴 때마다 할머니는 할아버지를 이해할 수밖에 없었다고 한다. 이런 할아버지의 이야기를 들으니 내가 당한 폭력이 이해되는 것 같으면서도 이해가 되지 않아 혼란스러웠다. 또한 난생처음으로 '나도 어른이 되어서 할아버지와 똑같이 나에게서도 폭력적이고 괴물 같은 모습들이 나오면 어쩌지?'라는 공포심과 두려움이 들었다. '나는 절대로 결혼하지 말아야지.'하고 처음으로 다짐하고 결심했던 것도 이때다.

6. '너 때문에'라는 말

시골에서만 살다가 갑자기 성남이라는 대도시에서 생활하려니 모든 것이 막막했고 어색했다. 당시 할아버지의 집은 경사진 언덕 꼭대기에 있는 작은 방 두 칸짜리 집이었다. 방 한 칸은 중풍에 걸린 할아버지가 사용했고 또 나머지 방 한 칸은 사춘기인 사촌 누나가 사용했다. 그래서 나와 사촌 동생은 부엌 겸 거실인 좁은 통로에서 잠을 자고 공부해야 했다.

그렇게 나는 사촌들이 다니는 초등학교로 전학을 가게 되었다. 1년에 한 번씩 전학을 다녔던 경험이 있어서인지는 몰라도 설렘이나 기대감은 없었다. 하지만 새로운 곳에서 다시 시작해야 한다는 막연한 두려움은 있었다. 과거 시골 학교에 다닐 땐 한 학년에 한 반밖에 없었고 한 반의 인원도 열 명 남짓이었기에 친구들과 친해지는 일이 그렇게 어렵지 않았다. 하지만 전학을 간 성남의 초등학교는 한 학년에 반이 무려 10반까지 있었고 한 반의 인원만 해도 30명은 넘었다. 그래서 덜컥 겁이 나 무서웠다.

성남의 초등학교에 있는 친구들은 하나 같이 나와 달리 피부도 하얗고 옷도 멋있게 입고 다녔다. 자꾸 친구들과 나를 비교하게 되어 어디론가 숨고만 싶었다. 하지만 어디 하나 기댈 곳이 없었던 나는 그저 당당하고, 씩씩해야만 했다. 난생처음 겪어보는 거대한 학교에서의 생활은 그저 두렵기만 했다. 나는 당연히 적응하지 못했고 성적은 바닥을 기어 다녔다. 게다가 나의 튀는 사투리와 꾀죄죄한 옷차림과 까무잡잡한 피부는 다수의 친구에겐 웃음거리였고 일부의 친구에겐 놀림거리가 되었다. 그리고 당시 기초생활보장 수급자인 할아버지 밑으로 호적이 올라가 있었기에 학교에서 주는 라면과 햇반을 수급받곤 했는데 그것마저도 하나의 놀림거리가 되었다. 정말 어느 것 하나 평범하지 못해서 힘이 들던 때였고 모든 것이 엉망진창인 때였다.

그래서일까. 나는 난생처음으로 조울증에 걸리고 말았다. 가만히 있어도 눈에선 눈물이 났고 아무리 한숨을 쉬어도 가슴은 돌덩이를 올려놓은 듯 답답하기만 했다. 그렇게 버티고 버티다 나는 용기를 내어 부모님에게 전화했다. 사실 그동안은 부모님에게 짐이 되기 싫었기에 전화를 아예 하지 못했다. 하지만 외로움과 힘듦이 극에 달하니 도저히 참을 수 없었고 결국 부모님에게 전화를 걸고 만 것이다. 나는 울면서 내가 말을 잘 들을 테니깐 다시 같이 살면 안 되겠냐며 애원하며 빌었다. 하지만 그럴 때마다 부모님은 마음 강하게 먹으라며 잘 지내란 말만 남긴 채 전화를 끊었다. 나는 이런 일들이 왜 우리 가족에게 일어나야 하는지 도저히 이해할 수 없었다. 한편으론 이런 상황을 만든 부모님이 원망도 되었던 것이 사실이다. 한편으론 모든 문제의 근원이 나인 것만 같아서 죽고 싶었다. 이땐 온갖 감정들이 뒤섞여 그 어떤 말로도 표현이 되지 않을 정도로 참담하고 괴로웠다.

나는 점점 더 학교에서 눈치가 보이기 시작했고 집에서는 할머니와 사촌들의 눈치가 보이기 시작했다. 가난한 형편에 집도 좁은데 입이 하나 더 늘어났으니 환영받지 못한다는 것쯤은 알고 있었기 때문이다. 그래서 나는 최대한 폐를 끼치지 않기 위해 노력했다. 밥을 많이 먹지도 않았고 최대한 피해가 가지 않도록 구석에서 잠을 잤다. 일부러 한 이야기인지는 모르겠으나 할머니가 나에게 하소연처럼 했던 말이 있다. 내가 조숙아로 태어나는 바람에 인큐베이터 병원비와 약값이 정말 많이 나왔다고 했다. 그래서 할아버지 내외는 당시 가지고 있었던 재산들을 모두 처분해야 했고 빚까지 얻어서 그 비용들을 감당해야 했다며 하소연을 했다. 그래서 현재 나 때문에 집안의 가세가 기울었다면서 매일 나를 앞에 두고 네 탓을 하곤 했다.

나를 살리기 위해 빚을 낸 건 부인할 수 없는 사실이다. 하지만 내가 태어나고 싶어서 태어난 것은 아니지 않은가. 그런데 모든 가족이 자꾸만 내 탓을 하니 이게 가족이 맞나 싶을 정도로 화가 나고 외로웠다. 가스라이팅인 줄도 모르고 들었던 말들은 어른이 되어서도 여전히 상처로 남아 있다. '누군가에 의해서'라는 네 탓이 아닌, '누군가를 위한'의 네 덕이 되어야 한다. '네가 태어났기 때문에 집안이 기울었다'가 아니고 '네가 태어나 건강히 자라주어서 고맙다'가 되어야 하는 것이다. '네 탓'은 불행만을 불러오지만, '네 덕'은 행복을 불러온다.

7. 언제나 나는 원인 제공자였다

성남에서 6개월 정도를 지내다가 나는 기적적으로 다시 가족들과 함께 살게 되었다. 그렇게 이사를 하게 된 곳은 바닷가에 있는 어촌 마을이었다. 나는 또다시 버림을 받지 않기 위해 부단한 노력을 하기 시작했다. 특히나 다른 친구들과 다투는 일이 없도록 애썼다. 남들의 시선에 예민한 부모님의 심기를 건드리지 않기 위해서 말이다.

어릴 적 누군가와 다툴 때면 항상 부모님은 "네가 무슨 잘못을 했으니까, 걔가 그러겠지. 네가 아무 짓도 안 했는데 그러겠니?"라며 언제나 다른 사람 편만 들었다. 단 한 번도 내 편을 들어준 적이 없다. 그래서 친구들과 다투지 않으려고 애썼던 이유도 있다.

바닷가로 전학을 온 후부터 나는 학교생활에 잘 적응했고 친구들도 많이 사귀었다. 그래서인지 부모님은 거의 다투지 않았다. 그래서 바닷가 마을에 사는 일이 너무나 행복했고 좋았다. 앞서 말했듯이 나는 친구 대부분과 잘 어울려 지냈다. 그런데 유독 한 친구만이 우리랑 어울려서 놀려고 하지를 않았다. 이 친구는 나의 아버지가 일하는 교회의 대표 목사 아들이었다. 그래서 아버지를 봐서라도 웬만하면 같이 놀려고 했고 말도 많이 걸어주려고 노력했다. 그렇게 매번 함께 놀자고 했지만 이 친구는 매번 짜증나니 말을 걸지 말라며 우리에게 화만 낼 뿐이었다. 그래서 우리도 어느 순간부턴 같이 놀자고 물어보지 않았다.

그러던 어느 날도 나는 친구들과 공터에서 비비탄 장난감 총을 쏘며 놀고 있었다. 그런데 갑자기 아버지의 직장 상사인 대표 목사가 나에게 다가오더니 다짜고짜 나의 뺨을 갈겼다. "네가 우리 아들 소외시켰다며. 네가 뭔데 내 아들을 소외시켜!"라고 말하곤 또다시 나의 뺨을 갈겼다. 나는 울먹거리는 목소리로 그동안의 사실들을 이야기했지만, 친구 아버지는 내 말을 들으려고 하지도 않았고 믿으려고도 하지 않았다. 그때서야 사태의 심각성을 느낀 친구들은 달려가 나의 아버지를 불러왔고 나의 아버지는 오자마자 무슨 일이냐며 물었다. 그렇게 내가 말하려고 하자 대표 목사는 끼어

들어 따지듯이 "당신 아들이 내 아들을 소외시켰어!"라며 따지기 시작했다. 나와 친구들은 하나로 목소리 높여 "우리가 몇 번이고 놀자고 말했는데 본인이 싫다고 한 거예요!"라고 이야기했지만 대표 목사는 그저 우리의 말을 묵살할 뿐이었다. 그렇게 양쪽의 이야기를 모두 듣게 된 아버지는 나에게 대뜸 "죄송하다고 사과드려."라며 고개 숙여 인사를 시켰다. 나는 아무 잘못도 하지 않았음에도 뺨도 맞고 고개 숙여 사과도 해야 했다. 이렇게 누명을 쓰고 뺨까지 맞았음에도 아버지는 전혀 내 편을 들어 주지 않았다. 나는 그런 아버지가 정말 원망스럽고 밉기만 했다.

이처럼 나의 부모님은 내 편을 들어준 적이 단 한 번도 없다. 잘잘못을 떠나 먼저 사과하는 것이 종교인으로서의 미덕이라고 생각하는 건가 싶기도 했다. 그래서일까. 나는 내 편을 들어주는 사람이 있으면 간과 쓸개도 다 빼줄 만큼 그를 믿는 어른이 되었다. 남들이 다 뭐라고 욕해도 유일하게 내 편을 들어주어야 할 사람들이 가족이다. 무슨 일이 있어도 가족은 언제나 가족의 편이 되어주어야 한다. 잘잘못을 따지는 일은 그다음이다.

8. 가해자를 집에 초대했다

바닷가 마을에서 1년 정도를 지내다 우리 가족은 또 이사하게 되었다. 그렇게 이사를 간 인천에서 1년 정도를 지내다 6학년을 마칠 때쯤 다시 서울로 이사를 하게 되었다. 목사인 아버지의 전임으로 인해 이사해야만 했던 것이다. 매년 이사를 하다 보니 나는 유목민처럼 이사가 당연한 줄로만 여겼다. 그래서 나는 이사를 하게 된 서울에서도 얼마 지내지 않을 것으로 예상했다. 하지만 서울로 이사를 간 이후로 우리 가족은 더 이상 이사를 하지 않았다. 1년 단위로 학교를 옮겨 다니는 것에 익숙해진 나에게 한곳에 정착해 학교를 다니는 일은 너무나도 생소하고 힘든 일이었다. 왜냐하면 친구를 깊게 사귀어 본 경험이 없었기 때문이다. 이런 잦은 이사로 인한 불안한 과거가 나의 지옥 같은 중학교 시절을 가져다줄 줄 그때는 꿈에도 몰랐다.

시간이 흘러 중학교에 입학하는 첫날이 되었다. 나는 아침부터 왠시 모를 긴장감과 두려움에 사로잡혀 있었다. 나는 배정받은 반에 들어가자마자 조용히 창가 자리에 앉았다. 나를 제외한 나머지 친구들은 서로 아는 척하고 인사를 하느라 정신이 없었다. 그 와중에 가만히 앉아만 있자니 뻘쭘했지만 그렇다고 먼저 나서서 인사를 하러 다니자니 선뜻 용기가 나지 않았다. 그래서 그저 조용히 자리에 앉아 교실에 있는 친구들을 둘러볼 뿐이었다. 다행인지 불행인지 갑자기 어느 한 친구가 나에게 다가와 인사를 건네주었고 나는 고맙고 반가운 마음에 "끝나고 우리 집에 가서 놀지 않을래?"라며 친구를 집으로 초대하고 말았다. 그리고 그 친구는 흔쾌히 승낙을 해주었다. 이 친구는 어떤 모임에서든 가장 활발하고 분위기를 주도하는 유형의 친구였다.

그렇게 입학식을 끝마친 후 나는 이 친구와 함께 집으로 향했다. 그리고 집에 도착하자마자 중국집에 전화를 걸어 짜장면과 탕수육을 주문해서 맛있게 먹기 시작했다. 하지만 친구는 여기저기 두리번거리기만 할 뿐 시켜 놓은 음식을 먹지 않았다. 그렇게 먹는 척 시늉만 하더니 갑자기 일어서선 집에 가봐야 할 것 같다며 나가버렸다. 나는 왜 그러냐며 이유를 물어봤지만, 친구는 얼버무리기만 할 뿐이었다. 나는 이유도 모른 채 어안이 벙벙했고 순간 이상하고 찝찝한 마음이 들었다.

사실 당시 이사를 간 우리 집은 흉측했다. 겉에서 보면 마치 흉가처럼 보이기도 했다. 못해도 몇십 년 이상 된 기와집과 초가집을 섞어 놓은 듯한 모습이었다. 녹이 잔뜩 슨 양철 대문을 열고 들어가면 조그마한 시멘트로 된 마당이 있었다. 지붕은 이빨이 듬성듬성 빠져 파란 마대를 덮어 놓아 지저분해 보였다. 정면으로는 부모님과 동생이 지내는 방 두 개와 부엌이 있었고 대문 우측에는 부엌으로 썼던 듯한 창고와 그 옆에 작은 내 방이 있었다. 내 방은 창고로 쓰던 곳이어서 다리를 온전히 다 뻗지 못할 정도로 작았다. 그리고 눅눅해서 곰팡이가 가득해 냄새가 났고, 벽지는 곰팡이로 새까맸다. 아마 그런 냄새나고 더러운 곳에서 친구는 밥을 먹기가 불편했을 것이다. 나야 그동안 살았던 시골집들이 모두 비슷했기에 몰랐지만, 서울에 사는 친구는 그러지 못했으리라는 것을 생각도 하지 못했던 것이다. 잠깐의 어색함과 외로움 때문에 섣불리 친구를 집으로 초대한 것을 두고두고 후회했다.

친구를 집에 초대한 이후로는 내가 사는 집이 신경 쓰이기 시작했다. 그래서 집에 들어갈 때마다 주위를 둘러보고 사람이 없는 것을 확인하고서야 집에 들어가는 습관이 생겼다. 요즘엔 유명 건설

사 아파트에 살지 않고 임대아파트에 살면 학교에서 왕따를 당한다고 한다. 어디에 살고 있느냐가 친구를 사귀는 기준점이 되어서는 절대로 안 된다. 어떤 부모들은 아이들에게 돈 없는 친구는 사귀지 말고, 공부 못하는 친구랑은 놀지 말라고 하는데 그래서는 안 된다. 친구가 되는 것은 그 어떤 조건이나 자격을 필요로 하지 않는다.

9. 시험을 이기지 못했다

친구를 집으로 초대한 다음 날 나는 찝찝한 마음으로 학교에 갔다. 그리고 나는 등교하자마자 그 친구에게 다가가 반갑게 인사를 건넸다. 그러고는 어제 무슨 일이 있어서 그렇게 빨리 간 것이냐고 물어보았다. 하지만 그 친구는 떨떠름한 표정을 한 채 얼버무리기만 할 뿐이었다. 확실히 전날 내가 느꼈던 분위기와는 전혀 달랐다. 뭔가 싸한 느낌마저 들었다. 아니나 다를까 쉬는 시간이 되자 그 친구는 본인이 사귄 친구들 몇 명을 데리고 나에게 다가왔다. 뜬금없이 "너희 부모님 직업이 뭐야?"라고 물어왔다. 그래서 나는 "평범한 직장인이셔."라고 대충 둘러댔다. 그러자 처음 보는 친구가 대뜸 "집이 많이 가난해?"라며 웃었고 나는 순간 뭔가 이상함을 감지했다. 그래서 나는 그 순간 초대했던 친구를 쓱 쳐다봤다. 그러자 그 친구는 내 눈을 피할 뿐이었다. 어제 짜장면을 먹지도 않고 급하게 집에 간 이유를 알 수 있었다. 나는 화나는 마음을 가라앉히고선 "가난하지 않아!"라고 대답을 했다. 그러자 "가난하지 않긴! 너희 집 다 쓰러져 가는 기와집이라고 하던데?"라며 자기들끼리 낄 낄거리며 웃기 시작했다. 나는 그 순간 너무 낯 뜨겁고 부끄러워서 얼굴이 시뻘게지고 말았다.

그렇게 담임 선생님의 첫 수업이 시작되었고 첫 수업에는 한 학기를 이끌 반장 선거가 진행되었다. 나는 친구도 사귀고 적응도 빨리해 볼 생각으로 반장 선거에 자진해서 출마했다. 시골에서 학교를 다닐 적에는 서로 반장을 하고 싶어 해서 반장 선거가 치열했었는데 서울에선 오히려 하기 싫은지 지원자가 없었다. 그래서 나는 너무나도 어이없게 반장이 되고 말았다. 담임 선생님은 나에게 반장이 된 소감을 말할 기회를 주기에 앞서 먼저 반 친구들에게 내 소개를 간략히 하기 시작하셨다. 나의 이름 정도만 소개해 주시면 되는데 선생님은 굳이 나의 부모님의 직업과 부모님의 일하는 곳까지 상세하게 소개를 해주셨다. 선생님은 손가락으로 창문 너머로 보이는 낡은 건물을 가리키시며 "요셉이네 부모님은 목사님이세요. 저기 앞에 분홍색 건물 보이죠? 저기 있는 건물이 요셉이네 부모님이 일하시는 교회예요."라고 말했다. 그 순간 집으로 초대했던 그 애와 무리는 나를 쳐다보았고 마치 먹잇감을 발견한 하이에나처럼 나를 향해 음흉한 미소를 지어 보였다.

선생님이 소개해 준 것처럼 당시 부모님이 일하는 교회는 40년이나 된 분홍색 건물 4층에 있었다. 연식이 오래된 만큼 곁에서 보면 그야말로 '곤지암 정신병원'을 연상케 하는 음산하고 스산한 기운이 풍기는 곳이었다. 언제 칠했는지도 모를 정도로 색이 바랜 분홍색 페인트는 마치 바위에 붙어 있는 석이버섯 같았다. 그리고 한쪽 귀퉁이에서는 더럽고 냄새나는 구정물이 벽을 타고 흘러내리고 있었다. 건물 앞엔 건물보다 높은 간선도로가 자리하고 있어 건물을 더 낡아 보이게 만들었다.

반장 선거 이후로 나는 집으로 초대했던 애와 그 무리에게 협박을 받기 시작했다. 쉬는 시간이면 내 자리로 찾아와 나의 목덜미를 주무르면서 말도 안 되는 주문을 하기 시작했다. "야! 저기 분홍색 건물 너희 아빠 교회라며? 목사는 그 하나님인가 뭔가 하는 신한테 기도하면 다 들어준다던데? 너희 아빠는 신하고 친하니깐 기도하면 다 들어주겠네?"라며 밑밥을 깔기 시작했다. 그리고 다짜고짜 "내가 딱 사흘 줄게. 너희 아빠한테 기도해서 저 건물이 새 건물로 바뀌게 해달라고 해봐. 만약에 3일 동안 기도해서 새 건물로 바뀌잖아? 그러면 우리가 너 안 건드릴게."라는 말도 안 되는 요구를 해왔고 듣고 있자니 어이가 없었다. 그래서 나는 "그건 말도 안 되시. 그게 어떻게 가능해?"라며 반박을 했고 그러자 그놈들은 "신이라면 불가능한 걸 해내야 신이지. 근데 저 건물 사흘 만에 안 바뀌면 넌 뒤져!"라고 협박했다. 그놈들의 얼굴이 마치 악마의 얼굴같이 보였다.

  나는 그날 저녁부터 기도하기 시작했다. 성경에 보면 신이 세상을 천지 창조하는 데 단 6일밖에 걸리지 않았다고 하는데 그깟 건물 하나 허물고 다시 짓는 게 일이겠냐는 마음으로 기도했다. 이참에 저들이 말하는 말도 안 되는 일이 이루어짐으로써 이놈들의 코를 납작하게 만들어 주길 간절히 바랐다. 하지만 약속한 사흘이 다 가올수록 변하는 건 아무것도 없었다. 수업 시간에도 나는 나도 모르게 자꾸만 창밖으로 보이는 건물을 수시로 확인하곤 했다. 하지만 바뀌는 건 전혀 없었다. 지금 와서 자존심을 버리고 고개를 숙이자니 앞으로 계속 이용만 당할 것 같았고 그렇다고 정면으로 부딪치자니 혼자서 싸워 이길 자신이 없었다. 그렇게 혼자서 고민을 거듭하다 나는 부모님에게 있는 사실대로 말하고 조언을 구했다. 그러자 부모님은 내게 절대 반응하지 말라며 신신당부했다. 무슨 말을 하든 무시하라고만 했다. 난 부모님의 말씀을 철석같이 믿고 그놈들이 무슨 말을 하든 무시하려고 노력했다.

그렇게 약속했던 삼 일째 날이 되었다. 그놈들은 내게 다가와 "약속했던 삼 일 지났네? 하루 더 시간 줄까? 기도하는데 안 들어주는 신이 병신인 거냐, 아니면 목사인 너희 아빠가 병신인 거냐?"라며 부모님을 욕하기 시작했다. 다른 건 다 참을 수 있었어도 부모님을 욕하는 건 도저히 참을 수가 없었다. 그래서 나는 욱하는 마음에 싸움을 걸었다. 하지만 싸움을 못했던 나는 한 대도 때리지 못하고 얻어터졌고 쌍코피를 흘리고 말았다. 억울하고 서러운 나머지 눈물까지 보이고 말았다. 그렇게 나는 서열상 맨바닥이 되었다. 그리고 그놈들에게 지독한 괴롭힘을 당하기 시작했다. 나는 이때 도망쳤어야만 했다. 중학교 생활이 지옥이 될 줄 알았다면.

10. 가정폭력이 학교폭력으로

서열상 바닥이 되면서부터 나는 많은 애들에게 놀림을 받기 시작했다. 내 이름으로 별명을 만들고 노래를 만들어서 부르는 애들도 있었고, 놀리면서 반응을 하지 않는다고 때리는 애들도 있었다. 그렇게 나는 가지고 놀기 좋은 장난감이 되어버렸다. 그래서인지 아침만 되면 학교 정문에서 학교 안으로 들어가지 못하고 서성거렸다. 그리고 학교가 끝난 후 집 앞에선 집으로 들어가지 못하고 서성거렸다. 그 이유는 집에서도 지독한 가정폭력을 당하고 있었기 때문이다.

우리 집은 서울로 이사를 오면서부터 더 가난해지기 시작했다. 교회가 너무 작은 나머지 아버지가 돈을 벌지 못했기 때문이다. 부부싸움이 잦아졌고 내가 맞는 날도 잦아졌다. 엄밀히 따지자면 가정폭력을 겪고 있는 와중에 중학교에 입학하게 된 것이다. 집에서 가정폭력을 당하다 보니 나도 모르게 나는 언제나 의기소침하고 주눅 들어 있었다. 그래도 학교에서만큼은 즐겁게 지내보기 위해 반장선거에 나갔지만 결국 반장선거로 인해 학교폭력과 놀림이 시작된 셈이다. 가정폭력이 학교폭력으로 이어진 순간이었다.

매일 학교를 마치고 돌아온 나는 어머니의 술 심부름을 다녀와야 했다. 근처에는 보는 눈들이 많았기에 15분 거리에 있는 시장에서 술을 사와야만 했다. 주말을 제외한 평일 동안 거의 하루도 거르지 않고 심부름을 다녔다. 나는 매일 시장에 있는 마트에 들러 30도짜리 과일 담금주를 사고 근처 약국에 들러서 수면제를 사고 시장에 들러 옥수수나 호떡 같은 안줏거리를 사 오는 심부름을 했다. 병으로 된 소주를 사면 나중에 들켰을 때 변명을 할 수 없으니 과일 담금주를 사 오라고 시켰던 것이었다.

그렇게 심부름을 마치고 집에 돌아와 내 방에 들어가 쉬고 있으면 술에 잔뜩 취한 어머니가 내 방으로 달려왔다. 그리곤 혼낼 명분들을 찾기 시작했다. 잠시 졸아 눈이 충혈되어 있기라도 한 날이면 그걸 가지고 혼냈다. 내 눈을 보며 자놓고선 갑자기 공부하는 척한다며 나를 끌고 안방으로 데리고 가선 때리곤 했다. 이 세상에 있는 온갖 부정적인 말들과 쌍욕을 하면서 말이다. 처음엔 머리만 때렸었다. 왜냐하면 머리는 때려도 머리카락 때문에 흔적이 남지 않았기 때문이다. 하지만 날이 갈수록 폭력은 심해졌고 과감해졌다. 급기야 싸대기까지 맞기에 이르렀다. 그렇게 맞아서 멍이라도 드는 날이면 학교를 가기 전 파운데이션을 발라 가려주었다. 철저히 자신의 잘못된 행동을 들키지 않기 위해서 말이다.

운동을 해본 사람들은 알 것이다. 샌드백을 때려보면 얼마 못 가지친다. 그런데 나의 어머니는 5시간에서 6시간은 기본으로 때렸다. 물론 중간중간 언어폭력과 물리적인 폭력을 번갈아 가며 사용하긴 했지만 말이다. 이런 물리적인 폭력은 맞는 순간 아프긴 해도 시간이 지날수록 맷집이 생겨서 둔하게 느껴졌다. 하지만 매일 듣는 언어폭력은 나를 미치게 만들었다. "공부만 하면 되는데 넌 왜 그거 하나도 못 하냐? 나 때는 공부를 하고 싶어도 못했는데.", "너도 너 같은 자식새끼 낳아서 길러봐라. 그때는 내 마음 알 거다!", "차라리 나가 뒈져라. 왜 사냐?" 등등 입에 담기엔 더러운 말들로 상처를 주었다. 이런 고문과 같은 가정폭력은 일요일을 제외한 평일 동안 계속해서 반복되었다. 매일 저녁때쯤 시작해서 12시나 새벽 1시는 되어야 끝이 나곤 했다. 그렇게 방으로 돌아간다 해도 술을 먹고 언제 내 방으로 건너올지 몰랐기에 안심하고 잠에 들 수도 없었다. 정말 하루하루가 지옥이었고 감옥 같았다.

　그래도 가끔 한 번씩 아버지가 집에 들어오는 날은 어머니에게 맞지 않을 수 있었다. 당시 부모님은 별거 중이었기에 아버지는 집에 없었다. 그러나 아버지가 집에 들른 날은 부부싸움이 크게 일어났기 때문에 그날만큼은 어머니의 폭력에서 자유로울 수 있었다. 그러나 아버지의 폭력에선 자유로울 수 없었다. 부부싸움이 끝나면 아버지는 나를 개 패듯 때렸기 때문이다. 그래도 그게 훨씬 좋았다. 몇 시간 동안 어머니에게 고문에 가까운 폭력을 당하느니 아버지에게 짧고 굵게 맞는 것이 훨씬 좋았다. 그렇게 개 패듯 맞고 나면 그날만큼은 어머니도 나를 건드리지 않았기 때문이다.

　최악의 상황으로 더 최악의 상황을 막는 것에 그저 감사해야 했다. 학교에서부터 집으로 이어지는 폭력들로 인해 나는 언제나 수면시간이 부족했다. 그리고 매일 배가 고팠다. 학교에서는 괴롭히는 애들 때문에 점심을 먹지를 못했다. 본인들이 먹고 남은 잔반을 내 급식 판에 버리거나 음료수를 부어서 먹지 못하게 만들었기 때문이다. 그리고 집에 돌아오면 어머니에게 맞느라 밥을 먹지 못하는 날이 많았다. 그래서 매일 졸렸고 매일 배가 고팠다. 이런 나의 강제적 졸림과 배고픔은 훗날 끈기 없고 식탐만 많다는 소리를 들게 만들었다.

　가끔 자식을 올바른 방향으로 인도하기 위해선 사랑의 회초리가 필요하다. 내가 폭력을 겪었지만, 회초리가 필요하다는 말에는 동의한다. 하지만 사랑의 매라는 이름으로 가하는 무자비한 폭력에는 반대한다. 무차별적인 폭력은 그 어떤 이유에서라도 행해져서는 안 된다. 회초리는 인생을 바꿀 수 있지만, 폭력은 한 사람의 인생을 아작 낼 수 있기 때문이다.

11. 위선자

　보통의 날과 다름없이 나는 어머니에게 물리적인 폭력을 당하고 있었다. 몇 개월 동안 반복이 되어서 그런지 내 몸은 갈대처럼 폭력에 흔들리고 있었다. 아팠지만 아프지 않았다. 나를 흠집 내는 말에 상처는 받았지만 아무 생각 없이 받아들일 수 있었다. 그렇게 아무 생각 없이 맞고 있던 순간 아버지가 구세주처럼 집에 들어왔다. 이제 아버지에게 짧고 굵게 맞기만 하면 남은 시간은 쉴 수 있는 것이었다. 그렇게 아버지에게 맞기를 기다리다 나는 깜박 잠에 들고 말았다. 그러던 순간 갑자기 방문이 드르륵하고 열리는 소리가 났고 눈을 뜨는 순간 무언가 내 얼굴을 강타했다. 아버지가 구두를 신은 상태로 달려 들어와 축구공을 차듯이 내 얼굴을 찬 것이었다. 나는 맞는 순간 얼굴을 감싼 채 웅크렸고 그 상태로 아버지에게 맞기 시작했다. 확실히 이전에 맞던 폭력의 강도와는 확연히 달랐다. 아파서 소리가 안 나올 정도였다. 숨은 쉬어지지도 않았고 맞은 곳들은 얼얼했고 코에선 쌍코피가 물 흐르듯 흘렀다.

내가 느끼고 있는 것만큼 부모님들이 보기에도 심각해 보였는지 부모님은 나를 데리고 곧장 대학병원 응급실로 향했다. 병원으로 향하는 차 안에서도 출혈은 멈추지 않았다. 이런 심각한 상황에서조차 부모님은 서로 싸우기 바빴다. 싸우는 이유는 단 한 가지였다. 애를 이렇게 때려 놓으면 사람들이 어떻게 생각하겠냐는 것이었다. 정말이지 내 걱정은 안중에도 없었다. 그렇게 병원 응급실에 가까워지자, 부모님은 나에게 신신당부했다. 혹시 의사가 왜 다쳤는지 물어보면 절대로 자신들에게 맞았다고 하지 말라는 것이었다. 그 순간에도 자신들의 이미지만 중요했고, 어떻게 해서든 자신들의 행위를 숨기는 것에만 급급했다.

그렇게 대학병원 응급실에 도착했고 나는 약간의 응급처치를 받은 후 검사를 받기 시작했다. 진단 결과 나의 코뼈는 모두 내려앉아 있었고 온몸엔 타박상이 심했다. 심지어 뇌진탕 증세까지 있었다. 의사 선생님은 피범벅이 된 나의 얼굴을 보고는 할 말을 잃은 눈치였다. 한참을 살펴보던 의사 선생님은 나에게 어떻게 된 것이냐고 물었고, 내가 말하지 못하고 쭈뼛거리자, 옆에 서 있던 부모님은 나를 대신해서 "계단에서 놀다가 굴러떨어졌대요."라며 나를 대신해서 대답을 했다. 믿을 수 없다는 표정으로 의사 선생님은 내려앉은 나의 코뼈를 맞추기 시작했다. 코뼈를 다 맞춘 뒤 의사 선생님은 "보호자분들은 잠시 나가 있으시겠어요?"라며 부모님을 치료실 밖으로 내보냈다. 그리고 의사 선생님은 내게 속삭이듯 "이거 어떻게 하다가 다친 거야? 넘어진 거 아니지? 솔직하게 말해 줘도 돼."라며 솔직하게 대답해 주길 바라는 눈빛으로 물었다. 나는 잠깐 뜸을 들였다. 하지만 아무리 생각을 해봐도 내가 솔직하게 말한다고 해서 이 지옥 같은 굴레에서 벗어날 수는 없을 것 같았다. 오히려 더 심한 폭력을 겪어야만 할 것 같았다. 그래서 나는 도저히 사실대로 말할 수 없었다. 이미 옆집의 신고로 경찰관 아저씨들이 온 적이 있었지만, 어머니의 말 한마디에 살펴보지도 않고 그냥 돌아갔었던 전례가 있기 때문이다.

지금도 억지로 목숨 줄 붙잡고 간신히 버티고 있는데 이보다 더 심한 폭력을 감당해 낼 자신이 없었다. 결국 매일 마주 보며 살아야 하는 사람은 당사자인 나였기 때문이다. 그래서 나는 의사 선생님에게 "진짜로 계단에서 앞으로 굴러서 넘어졌어요."라며 거짓말을 했다. 지금도 이때 솔직하게 말하고 도움을 요청하지 않은 것을 후회하곤 한다. '만약 내가 솔직하게 말하고 도움을 요청했더라면 지금은 다른 삶을 살고 있진 않을까?' 하고 말이다.

사람이 사랑에 노출이 되는 시간이 많으면 많을수록 세상을 헤쳐
나갈 힘도 많아진다. 반대로 폭력에 노출되는 시간이 많으면 많아
질수록 세상을 원망하고 도망치기만 할 뿐이다. 내가 살려달라고
외치고 도움을 구했을 때, 외면한 몇몇 사람 때문에 도움을 요청하
는 일을 절대로 멈추어서는 안 된다. 힘들고 외롭고 앞이 보이질 않
아도, 누군가 나의 목소리를 듣고 도와줄 때까지 참고 끊임없이 외
쳐야만 한다. 그러니 위선자들의 말에 절대로 휩쓸려서는 안 된다.
지금 내가 외치고 요청하는 일은 미래의 나를 살리는 일이기 때문
이다.

12. 내 무덤 내가 팠다

나는 겨우 버티고 버텨 중학교 2학년으로 올라가게 되었다. 2학년으로 올라가고 나서부터는 중간고사에서 평균 85점을 넘겨오라는 어머니의 명령이 있었다. 아마도 같은 교회에 다니는 집사님의 아들이 공부를 잘했기 때문에 나와 비교했던 것 같다. 그래서 나는 학교가 끝나면 집으로 가지 않고 곧장 동네에 새로 생긴 도서관으로 향했다. 그러나 수면시간이 부족했던 나는 도서관 책상에 앉기만 하면 책에 얼굴을 파묻은 채 잠이 들곤 했다. 그러다 감시하기 위해 불시에 방문한 어머니에게 그 모습을 들켜서 집으로 끌려가 맞곤 했다. 그래서 나는 어머니의 시선을 피해 숨어서 잘 수 있는 곳들을 물색하기 시작했다. 맞을 때 맞더라도 잠을 자는 것이 더 중요했기 때문이다.

그렇게 나는 어머니를 피해 잠을 잘 곳을 찾으러 다녔다. 그러다 우연히 어떤 친구를 만나게 되었다. 나와 다른 학교에 다니는 학생이었다. 어쩌다 떨어트린 라이터를 주워주다가 대화를 나누게 되어 친해지게 되었다. 마침 우린 동갑이었고 그렇게 친구를 맺게 되었다. 알고 보니 친구는 동네에서 싸움으로 유명한 친구였다. 반대로 나는 싸움도 못 하고 왕따였기에 나에 대한 모든 것을 친구에게 숨겨야만 했다. 혹시라도 내가 학교에서 왕따라는 것을 친구가 알게 되면 나를 피할까 봐 싶어서 말이다. 그렇게 친구와 나는 매일 도서관에 자리를 잡고 책만 올려둔 채 놀러 다녔다. 친구의 집에 놀러 가기도 하고 함께 목욕탕을 가기도 했다. 그러면서 우리는 둘도 없는 친구 사이가 되었다.

친해지고 나서 알고 보니 친구 또한 집에서 알코올 중독자인 아버지에게 가정폭력을 당하고 있었다. 나와 마찬가지로 집에 들어가기를 싫어했던 친구는 나와 함께 노는 것을 좋아했고 행복해했다. 친구의 이런 비밀 이야기를 듣고 나니 나도 친구에게 솔직해지고 싶었다. 너무나도 공감되었기에 위로해 주고 싶었던 것 같기도 하다. 그래서 나는 나의 비밀을 친구에게 털어놓게 되었다. 그리고 친구와 나는 더욱 끈끈한 사이가 되었다. 나에게 친구는 든든한 아버지 같았고 때론 나를 지켜주는 울타리와도 같았다. 그래서인지는 몰라도 나는 결국 학교에서 겪고 있는 일들까지 친구에게 이야기하고 말았다. 그러자 친구는 오히려 "야 내가 거기로 전학 가서 다 밟아줘?"라는 장난 섞인 농담을 해주었다. 비록 말뿐이라고 해도 나에겐 너무나도 고마운 위로의 말이었다.

그러던 어느 날 친구는 정말로 내가 다니는 중학교로 전학을 와주었다. 빈말인 줄로만 알았지 정말로 전학을 와 주리라고는 상상도 하지 못했었다. 비록 친구와 같은 반에 배정을 받지는 못했지만 친구는 쉬는 시간에 꼭 내가 있는 반으로 와서 나와 함께 놀았고 점심시간이 되면 밥을 먹었다. 그래서인지 나를 괴롭히던 놈들은 나를 더 이상 괴롭히지 않았다. 앞서 말했듯이 친구는 동네에서 싸움으로 유명했다. 그래서 웬만큼 싸움 좀 한다는 애들은 모두 알고 겁낼 정도였다. 오히려 괴롭히던 놈들이 나를 찾아와 "그동안 괴롭혀서 진짜 미안하다. 친하게 지내자! 내 얘기 좀 잘해주라."라며 사과하고 친한 척을 할 정도였다.

이런 갑작스러운 변화에 적응하기까지는 일주일 정도의 시간이 걸렸다. 일주일 정도 아무 일 없는 평화로운 날이 지속되니 그때야 비로소 실감이 나기 시작했던 것 같다. 그렇게 점점 시간이 흐를수록 나의 어깨는 올라가기 시작했고 쓸데없는 자신감도 생기기 시

작했다. 내 뒤에 친구라는 든든한 방패막이가 있다고 생각해서이
나. 나는 수업 시간을 제외하고서는 친구와 한시도 떨어지지 않았
다. 그러자 나는 마치 내가 이인자 정도 된 것 같은 허세가 생겼다.
그래서 나를 괴롭히던 놈들에게 복수를 하기로 마음을 먹었고 학
생부에 나를 괴롭혔던 놈들이 담배를 피웠다고 제출했다. 그리고
다음 날 나를 괴롭혔던 놈들은 모두 학생부의 호출을 받고 끌려갔
다. 그리고는 봉사활동이라는 징계를 받았다. 솔직히 생각보다 가
벼운 징계라 아쉬웠지만 속은 시원했다.

하지만 내가 상상하지도 못했던 사건이 일어나 있었다. 내가 학
생부실에 명단을 제출하는 것을 목격한 애들이 나를 괴롭혔던 애
들에게 미리 일러주었고, 학생부로 끌려간 놈들은 담배를 함께 피
운 공범으로 내 친구를 지목했던 것이었다. 그렇게 내 친구도 학생
부로 불려 가 봉사활동 징계를 받게 되었다. 모든 수업이 끝난 후
친구는 무표정한 얼굴로 나를 찾아와선 "네가 학생부에 명단 제출
한 거 맞아?"라고 물었고 나는 "명단을 제출한 건 맞는데 네 이름
은 적지 않았어."라며 억울함을 호소했다. 하지만 친구는 나의 말
을 전혀 믿어주지 않았다. 친구는 그저 "네가 적지도 않았는데 학
생부에서 나를 왜 불러? 그리고 네가 제출하는 거 봤다고 하는 애
들이 있던데?"라고만 말할 뿐이었다. 나는 더 이상 그 어떤 말도 할

수 없었다. 나는 "미안"이라고밖에 할 수 있는 말이 없었다. 그러자 친구는 "내가 너랑 진짜 친했기 때문에 이번 일은 그냥 넘어가는데 대신 앞으로 친구는 못 하겠다. 잘 지내라."라고 했다. 그리고 그렇게 친구와 나는 남남이 되어버렸다.

그렇게 든든한 방패막이인 친구가 없어진 나는 벼르고 있던 놈들에게 이전과는 비교도 안 될 만큼의 지독한 괴롭힘을 당하기 시작했다. 나의 어설픈 복수심이 지옥문을 연 것이다. 세상에 완벽한 복수란 없다. 복수에 성공한다고 하더라도 복수는 복수를 낳기 때문에 절대로 끊어지지 않는다. 복수를 할 마음을 먹었다는 것은 자기 인생을 끝낼 생각도 했다는 뜻이다. 즉, 복수는 자기 인생이 희생되어야만 가능한 것이다. 복수에 내 인생을 갈아 넣을 만큼 복수는 통쾌하지도 않고 그만한 가치도 없다.

13. 폭력에 무릎 꿇었다

복수에 실패한 후 나는 이전과는 비교도 안 될 만큼의 괴롭힘을 당하기 시작했다. 그러던 어느 날 운동장에서 축구하던 놈들의 요청으로 수비를 보게 되었다. 숫자가 맞지 않아 나를 강제로 불렀던 것이었다. 축구를 잘하지 못했던 나는 공격해 들어오는 애들에게 뚫리기 시작했다. 그것도 그럴 것이 반대편 공격수인 애들도 나를 괴롭히는 애들이었기 때문이었다. 우리 편인 애들도 상대편인 애들도 모두 나를 괴롭히는 놈들이었기에 나는 이러지도 저러지도 못했다. 막아도 괴롭힐 것이고 막지 않아도 괴롭힐 것이었다. 그러다 갑자기 내 앞으로 공이 굴러왔고 옆에 있던 애들은 "뻥 차!"라며 다그쳤고 나는 있는 힘을 다해 공을 차버렸다. 그렇게 날아간 공은 학교 임시 벽을 넘어 큰 도로로 떨어졌다. 나는 재빨리 공을 줍기 위해 달려갔지만 차에 밟혀 공이 터져버리고 말았다. 나는 터져버린 공을 들고 돌아왔고 놈들은 그때부터 나를 미친 듯이 갈구기 시작했다. 나는 그저 "미안해."란 말만 되풀이 할 수밖에 없었다. 그러자 놈들은 "미안해할 필요는 없지. 새 축구공 하나 사 오면 돼." 라고 했고 나는 협박에 못 이겨 알겠다는 말을 해버리고 말았다.

무서워서 축구공을 사 오겠다고는 말은 했지만 당장 축구공을 구할 방법은 없었다. 가정폭력을 당하고 있었기 때문에 집에도 도움을 요청할 수가 없었다. 결국 다음 날 나는 축구공을 구하지 못한 채 학교에 갔다. 역시나 놈들은 축구공을 내놓으라며 몰려와 협박하기 시작했다. 다수에게 둘러싸인 상황이 너무 무서워 나는 "시간을 좀 더 줘. 돈이 없어서 그래. 꼭 사 올게!"라며 싹싹 빌었다. 그러자 무리 중 한 놈이 갑자기 나의 뺨을 있는 힘껏 때렸다. 뺨을 때리면서 "내일은 축구공 사 올 거지?"라고 물었다. 결국 나는 아픔에 못 이겨 꼭 사오겠다고 약속하고 말았다.

당장 축구공을 구해야만 내가 살 수 있었다. 그래서 위험을 무릅쓰고 별거 중인 아버지를 찾아갔다. 막상 아버지 앞에 서니 무서워서 아무 말도 나오질 않았다. 그렇게 가만히 서서 아무 말도 하지 못하자 아버지는 "왜? 니네 엄마가 가보라고 하든?"이라며 물었고 나는 용기 내어 "그게 아니고 할 말이 있어서요."라고 답했다. 그러자 아버지는 "바쁘니깐 빨리 말해라. 뭔데?"라고 했고 나는 주춤 거리다 있는 사실 그대로 말했다. 나의 이야기를 다 들은 아버지는 "축구공 하나 사다 줄 테니깐 갖다 줘. 그 새끼들 내가 워커 신고 오토바이 타고 가서 겁 좀 줘?"라고 말했다. 나는 그 말을 철석같이 믿었고 "네!"라고 대답했다. 드디어 놈들의 괴롭힘에서 벗어날 수 있다는 희망이 생긴 것이다.

아버지는 그날 저녁 약속대로 축구공을 사다주고 가셨다. 그리고 다음 날 나는 학교에 가자마자 아버지가 사다 주신 새 축구공을 놈들에게 건네주었다. 하지만 놈들은 "네가 터트린 공은 비싼 공이야. 이런 싸구려 축구공이 아니라. 좋은 공으로 다시 사 와."라는 정말 터무니없는 요구를 해왔다. 나는 용기 내 "이거 아버지가 좋은 공으로 사다 주신 거야. 그리고 내가 터트린 공은 껍데기도 없는 다 낡은 공이었잖아."라고 말했다. 그러자 그놈은 말대꾸한다며 또 나의 뺨을 때리면서 공을 다시 사 오라고 협박했다. 일을 크게 만들기 싫었던 나는 놈에게 "아버지한테 다시 좋은 걸로 사다 달라고 하면 학교에 찾아오실지도 몰라. 그러면 너 큰일 나."라고 말했다. 나름 겁 좀 먹으라고 한 말이었는데 오히려 그놈은 "학교에 올 수 있으면 와보라 그래. 시발, 내가 다 이겨."라며 막무가내였다. 나는 더 이상 아무 말도 하지 못하고 다시 공을 사 오겠다고 약속했다.

나는 그렇게 다시 용기를 내서 아버지를 찾아갔다. "걔네들이 좋은 공으로 다시 가져오래요." 그러자 아버지는 화를 내며 "진짜 안 되겠네. 학교 가서 전해. 자꾸 그러면 학교 찾아간다고!"라고 했다. 이미 그렇게 말을 전했던 나는 "걔네들이 아버지 보고 학교로 찾아올 수 있으면 와보라고 그랬어요."라고 했다. 그러자 아버지는 "일단 집에 들어가 있어!"라며 나를 집으로 돌려보냈다. 그리고 그날 저녁 아버지는 비싸고 좋은 축구공 하나를 다시 사 오셨다. 그리곤 내게 "이거 다시 가져다 줘."라는 말만 남기고 가셨다. 다음 날 나는 아버지가 사다 준 축구공을 놈들에게 가져다주었고 놈들은 그제야 만족하며 흡족해했다. 그리곤 내게 "너희 아버지 학교에 오신다더니만 쫄으셨나 보네?"라며 비웃기 시작했다. 그리곤 "결국 이렇게 사 올 거, 진작 사 왔으면 됐잖아!"라며 나를 칭찬했다. 마치 말 잘 듣는 개가 된 느낌이었다.

사실 아버지가 나를 때리듯이 나를 괴롭히는 놈들도 개 패듯 패주길 바랐다. 하지만 아버지는 나에게만 폭군이었지 다른 사람에게는 아무 말도 못 하는 겁쟁이였다. 나는 그때 '아버지는 정말 내 편이 되어 주었던 것일까? 아니면 그놈들 말대로 겁먹은 것일까?'라는 생각에 잠에 들지를 못했다. 나보다 약한 사람에겐 폭력을 가하고 나보다 강한 사람에겐 참는 아버지의 이중적인 모습에 실망

했다. 물론 폭력이 정당화되어서는 안 되는 일이다. 그러나 폭력을 사용해야 한다면 나보다 약한 사람을 지켜줄 때 써야 한다. 그리고 나보다 강한 사람에게는 대항할 줄 알아야 한다.

14. 죽음까지 내몰렸다

중학교 2학년이 얼마 남지 않은 시점, 나는 정신적으로도 육체적으로도 더 이상 버틸 힘이 남아 있지 않았다. 누가 어떤 말을 해와도 들리지 않는 정신이 반쯤 나가 있는 상태였다. 계속해서 맞다 보니 맷집이 생겨서 그런지, 아니면 학교에서 맞는 것보다 집에서 맞는 게 상대적으로 더 아파서인지는 몰라도 더 이상 아프지가 않았다.

그러던 어느 날 방과 후 일진 무리는 나와 나만큼 왜소하고 마른 친구 한 명을 데리고 뒷산으로 데려갔다. 도착해선 다짜고짜 "너희 둘이 싸워서 이기는 사람은 학교생활 편하게 만들어 줄게. 대신 지는 놈은 두 배로 힘들어지는 거야. 시작!" 하고는 강제로 싸움을 붙였다. 나와 함께 끌려온 친구나 나나 서로 어쩔 줄 몰라 하며 가만히 서 있을 수밖에 없었다. 그러자 놈들 중 한 명이 다가와 속삭이

듯 나에게 "빨리 먼저 선빵 날려!"라고 했다. 하지만 나는 그럴 수 없기에 그냥 가만히 서 있었다. 그러자 나를 발로 차기 시작했다. 그러자 그 순간 갑자기 나랑 싸워야 하는 친구가 나에게 달려들었고 나를 때리기 시작했다.

나는 나를 때리는 그 친구에게 "그만하자!"라고 말했지만 그 친구는 살기 위해서라도 멈출 생각이 없어 보였다. 그렇게 나와 그 친구는 싸우기 시작했다. 이리 뒹굴고 저리 뒹굴다 나는 그 친구 위에 올라탔고 나는 차마 때릴 용기는 없어서 그 친구가 움직이지 못하도록 머리를 있는 힘껏 누르고만 있었다. 계속해서 누르고만 있자 일진 무리는 나를 밀치며 밟았다. 그 사이 일어선 그 친구는 나를 때렸다. 코피가 났다. 그렇게 싸움은 끝나게 되었다. 내가 머리를 누르고 있어서 그랬는지 그 친구의 이마엔 상처가 났는데, 그 때문에 그 친구의 어머니는 우리 집에 찾아오셨다. 전후 사정을 전혀 모르고 있던 나의 어머니는 연신 죄송하다며 사과를 했고 그렇게 상황은 마무리되었다. 덕분에 나는 그날 저녁 어머니에게 신나게 얻어 터졌다. 싸움에서도 졌는데 사과도 해야 하는 이 상황이 너무나도 가혹하게 느껴졌다. 그것보다 내 마음을 더 아프게 했던 것은, 괴롭힘을 당하는 같은 처지의 친구끼리 싸워야 했다는 것이다.

이 싸움에서 패배한 나는 학교생활이 두 배로 힘들어지기 시작했다. 그리고 중학교 3학년이 되면서부터는 나를 괴롭히는 애들도 늘어나기 시작했다. 이유도 없이 내 목을 졸라 얼굴이 새 파래질 때까지 기다렸다가 놓는 애들, 이유도 없이 나에게 의자를 던지고 도망치는 애들, 맛있는 반찬은 다 뺏어 먹고 식판에 침을 뱉고 가는 애들, 이유 없이 뒤통수를 때리고 튀는 애들이 있었다. 계속해서 이런 괴롭힘들이 지속되니 나는 더 이상 버틸 자신이 없었다. 그래서 나는 교무실로 내려가 한가운데 서서 자퇴를 시켜달라며 소리를 지르기 시작했다. 그러자 교무실에 있는 선생님들은 무슨 일이냐며 하나둘 나에게로 모이기 시작했다.

나는 대부분의 선생님들이 내 상황을 이미 알면서도 그 어떠한 조치도 취하지 않았다는 것을 알고 있었기에 나를 향해 모여드는 선생님들이 전혀 반갑지 않았다. 나는 그저 울면서 퇴학을 시키라며 더 이상 이 학교를 안 다닐 거라며 고래고래 소리쳤다. 그러자 학생부 선생님은 나를 괴롭힌 놈들을 모두 교무실로 불러낸 후 내 앞에 무릎을 꿇게 만들었다. 그리고 담임 선생님에게 처벌을 맡겼다. 그렇게 담임 선생님은 놈들에게 나에게 사과를 하라고 시켰지만 그놈들은 실실 웃으며 장난 섞인 말투로 "미안."이라고 할 뿐이었다. 사실 담임 선생님 또한 반에서 왕따였기 때문에 선생님의 말은 전혀 그놈들에게 먹히지 않았다. 멀리서 학생부 선생님이 주시하고 있으니 입으로만 미안이라고 했던 것뿐이었다. 놈들은 그렇게 무릎을 꿇고 있는 와중에도 나를 쳐다보며 입 모양으로 '넌 이제 뒤졌어!'라고 말할 뿐이었다.

그 순간 나는 자퇴를 하거나 퇴학을 당하지 않는다면 지금보다 훨씬 지독한 하루하루가 반복될 것을 직감했다. 그래서 나는 울며불며 "제발 퇴학을 시켜주든지, 자퇴를 시켜 주세요! 제발요! 내가 죽어야 제 말을 믿으실 건가요?"라며 떼를 쓰며 우겼다. 그때서야 담임 선생님은 부모님에게 전화를 걸었고 급하게 부모님이 학교에 오게 되었다. 하지만 부모님은 퇴학이나 자퇴는 절대로 안 된다고 못 박았다. 결국 나는 자퇴를 하지 못했다. 내가 아무리 죽을 것 같다고 소리쳐도 소 귀에 경 읽기였다.

나는 다음 날 등교하지 않았다. 나는 그동안 모아둔 돈을 챙긴 다음 이전에 살았던 인천으로 향했다. 그동안 돈을 모을 수 있었던 이유는 같은 교회에 다니는 계란을 납품하시는 계란 가게 사장님 덕분이었다. 가끔 마주칠 때면 자신을 조금만 도와 달라고 하셨고 도와드리면 꼭 몇만 원씩 내 손에 용돈을 쥐여주시곤 했다. 내가 도와드린 일이라곤 그저 계란 몇 판을 차로 옮긴 것뿐이었는데 말이다.

아무튼 나는 그동안 모아 둔 돈들을 챙겨 지하철을 타고 무작정 인천으로 향했다. 내 계획은 이러했다. 인천에 도착해 약국을 돌아다니면서 수면제를 잔뜩 사 모은 다음 먹고 자주 가던 찜질방 수면실에 들어가 조용히 죽는 것이었다. 그러면 아프지 않게 조용히 죽을 수 있겠다고 생각했다. 나는 계획대로 인천에 도착하자마자 여러 약국을 돌아다니며 수면제를 사서 모으기 시작했다. 그리고 평소에 너무나도 먹고 싶었던 크림빵과 단팥빵을 한 봉지 가득 사서 맛있게 먹었다. 그런 다음 사 모은 수면제를 한입에 털어 넣었다. 그리고 나는 서둘러 예전에 자주 가던 찜질방으로 향했다. 그런데 하필이면 공사 중이어서 들어갈 수가 없었다. 그래서 나는 급하게 다른 찜질방을 찾아 발걸음을 옮겼다. 하지만 신기하게도 가는 곳마다 모두 문을 닫았거나 '휴업 중'이었다.

이미 수면제를 먹은 상태였기에 온몸에 약 기운이 돌기 시작해 졸리고 어지럽기 시작했다. 그래서 나는 다른 찜질방을 향해 달렸다. 하지만 그곳마저도 폐업이었다. 그렇게 날은 어두워졌고, 설상가상 보슬비까지 내리기 시작했다. 어지러웠던 나는 서 있지 못하고 바닥에 털썩 주저앉았다. 그리고는 그 상태로 울기 시작했다. 그동안 쌓였던 억울한 슬픔들이 미친 듯이 터지기 시작했다. 나는 그렇게 길 한복판에 앉아 한참 동안을 펑펑 울었다. 그리고 정신을 차리고 깨어났을 땐 내 방이었다. 내가 어떻게 내 방에 누워 있게 된 것인지는 전혀 기억나지 않는다. 나중에 들은 이야기이지만 침을 흘리며 눈이 반쯤 풀려 저녁 12시가 다 되어 집으로 돌아왔다고 한다. 정말로 살고 싶었나 보다. 만약 눈물이 나고 괴로워 미친 듯이 비명이 나오고, 마치 모든 것이 망한 것 같다는 생각만 든다면, 그건 살고 싶다는 신호이다.

15. 도대체 어떻게 해야 했을까?

    자살 시도를 한 후 내 몸과 정신은 정상이 아니었다. 나를 괴롭히는 놈들과 부모님들의 목소리를 듣는 것만으로도 머리가 터져 버릴 것만 같았다. 매일 같은 곳을 폭행당하다 보니 그 부위에 손가락을 가져다 대기만 해도 너무 아팠다. 더 이상 맞기도 싫었고 아무런 소리도 듣기 싫었다. 그저 잠시나마 쉴 수 있는 조용한 공간과 시간만이 필요했다. 정말 이 상태가 지속되면 누구 하나를 죽일 것만 같았다.

    평소처럼 나는 학교가 끝난 후 집으로 돌아와 내 방에 누웠다. 하지만 대낮부터 술을 마시고 있었던 어머니는 내가 집에 들어오기가 무섭게 내 방으로 건너왔다. 한 손에는 나를 때리기 위해 쇠로 된 운동기구를 들고 있었다. 나는 정말로 더 이상 맞을 자신이 없었다. 아니 맞기 싫었다. 씩씩거리며 내 방에 들어와 방문을 닫기 위해 돌아선 어머니의 뒷모습을 보는 순간 나는 나도 모르게 어머니를 밖으로 밀쳐냈다. 무기를 들고 있는 어머니가 뒤돌아서지 못하도록 나는 있는 힘껏 밀면서 소리쳤다. 하지만 당시 나는 어머니에게 힘에서 밀렸다. 그 순간부터는 주먹으로 어머니의 등을 사정없이 때리기 시작했다. 그러자 당황한 어머니는 아버지를 부르기 위해 전화를 하러 달려갔다. 그 순간 나는 아버지까지 오면 오늘은 진짜 살아남지 못할 수도 있겠다는 생각이 들었다. 나는 맨발로 나의 방문을 모조리 부수고 신발만 손에 쥔 채 도망을 쳤다. 당시 내 방 방문은 좌우로 밀어 여닫는 문이었다. 이중문이었는데 안쪽 문은 문풍지가 발린 문이었고 바깥쪽 문은 유리가 끼워진 문이었기에 부술 수 있었다. 그런데 막상 집을 뛰쳐나오니 어디로 가야 할지 몰랐다. 하지만 그런 고민을 할 시간조차 없었다. 나를 잡기 위해 뛰쳐나온 어머니를 피해야 했기 때문이다. 나는 무작정 동네에 있는 산 정상을 향해 내달리기 시작했다.

그렇게 산 정상에 도착한 나는 바위틈에 숨었다. 달릴 때는 몰랐던 발바닥의 통증이 그제야 몰려오기 시작했다. 방문을 부수면서 발바닥에 유리 파편이 잔뜩 박혔던 것이다. 그런 상태로 뛴 바람에 유리 파편이 발 깊숙이 들어가 피가 철철 흐르고 있었다. 나는 이를 악물고 발바닥에 박힌 유리 파편들을 뽑아내기 시작했고 신발 깔창과 신발 끈을 이용해 지혈했다. 그리고 그 상태로 해가 질 때까지 움직이지 않았다. 혹시라도 부모님에게 발견될까 봐 움직일 수 없었다. 그렇게 해가 지고 저녁이 되었고 나는 산을 내려와 평소에 친하게 지내던 중학교 동창인 친구를 찾아갔다. 나는 친구의 도움으로 상처 난 발을 치료하고 저녁을 해결할 수 있었다. 그리고 친구에게 돈을 빌려 24시간 사우나를 갈 수 있었다. 나는 깨끗이 씻은 다음 수면실에 들어가 그동안 밀린 잠을 청했다. 그렇게 3일 정도를 친구의 도움으로 숙식을 해결할 수 있었다. 3일째 되던 날도 나는 수면실에서 자고 있었다. 그런데 갑자기 누군가가 나를 깨우는 소리가 들렸다. 수면실 안이 어두워서 처음엔 사우나 직원인 줄로만 알았다. 하지만 나가서 살펴보니 아버지였다. 그렇게 나는 사흘 만에 아버지의 손에 붙잡혀 집으로 돌아오게 되었다. 다행히 붙잡혀 온 그날만큼은 부모님 모두 나를 혼내거나 때리지 않았다.

하지만 그날 이후 난 또다시 어머니의 폭력에 시달려야만 했다. 술만 마시면 자식이 부모를 때리는 건 살면서 처음 봤다며 자신의 처지를 한탄했고 매일 나를 패륜아라고 불렀다. 처음엔 너무 억울하고 분했다. 나도 내가 왜 그랬는지 어디서 그런 용기가 생긴 건지는 모르겠다. 하지만 계속해서 나를 패륜아라고 부르니 없던 죄책감이 생겨 견디기 힘들었다. 그 후, 또다시 내가 폭발할까 봐 그랬는지 어머니는 나를 때릴 때 내 손과 발을 노끈으로 묶기 시작했다. 그리곤 쇠 파이프로 뼈가 드러난 부분만 골라서 때렸다. 때론 욕조에 물을 받아놓고 머리를 담그기도 했다. 손발이 묶인 나는 도저히 발버둥 칠 수조차 없었다. 그저 코와 입으로 넘어오는 물과 고통을 느낄 수밖에 없었다. 어떨 땐 식칼을 들고 위협하거나, 식칼을 곁에 두고 나를 때리곤 했다. 실제로 식칼로 나를 죽이기 위해 내 위에 올라타 있는 힘껏 내리누를 때도 많았다. 간신히 막아내긴 했으나, 그 때문에 손을 많이 베이기도 했다. 물과 쇠와 칼이 어찌나 무서운지 보기만 해도 심장이 미친 듯이 뛰었다. 정말 이 순간이 제발 꿈속이길 간절히 바랐던 적도 한두 번이 아니다. 차라리 맞다 죽었으면 하고 간절히 바랐던 적도 많았다.

부모는 자식을 위해서 괴물이 될 수도 있는 존재라고들 한다. 하지만 부모가 자식에게 괴물이 될 수도 있다. 반대로 자식이 부모에게 괴물이 될 수도 있다. 그때의 내가 그랬을지도 모른다. 누구든 한계로 몰리면 자기 자신을 포기하고 괴물이 될 수 있기 때문이다. 지렁이도 밟으면 꿈틀한다는 말처럼 말이다.

16. 버티어야 할 때 나는 포기를 했다

중학교 3년을 어떻게 버텨냈는지는 모르겠으나 무사히 졸업할 수 있었다. 지옥 같은 중학교 시절의 시간은 나에게 잠재적 두려움을 심어 주었다. 그래서 고등학교를 선택하는 일은 나에게 굉장히 중요한 일이었다. 나는 학교 애들이 아무도 가지 않는 멀리 떨어진 어느 사립 고등학교에 지원했고 진학하게 되었다. 비록 거리는 멀었지만 나를 아는 사람들이 없어 새로운 출발이 가능했다.

고등학교를 입학하는 첫날은 마치 중학교에 입학하던 첫날과 같은 느낌이었다. 아는 친구 한 명 없이 창가에 어색하게 앉아 있는 나의 모습은 마치 데자뷰를 보는 것 같았다. 나는 중학교 때와 똑같은 실수를 반복하지 않기 위해 반장 선거와 같이 자원하는 일엔 나가지 않았다. 그리고 최대한 남들과 같이 평범하게 행동하려고 노력했다. 그 결과 그렇게 많은 친구를 사귀진 못했어도 마음 맞는 친구 한두 명은 사귈 수 있게 되었다. 그렇게 새롭게 시작한 고등학교 생활은 지극히 평범했고 평화로웠다. 이번만큼은 무탈하고 순탄한 학교생활을 할 수 있을 것만 같았다. 하지만 어딜 가나 튀는 학생이 꼭 있듯이 내가 속한 반에도 있었다. 처음엔 그저 친한 척하며 다가와 아이스크림이나 빵을 한 입 얻어먹고 가는 정도였다. 그런데 어느 날은 아이스크림을 한 입 달라고 하고선 아이스크림을 통째로 입 안에 넣고 돌려가며 녹여 먹는 것이었다. 그 순간 나는 욱하는 마음에 신경질적으로 "아이스크림을 왜 이렇게 더럽게 먹냐. 너 다 먹어!"라고 말했다. 나도 아끼고 아껴 사 먹는 간식이었기 때문에 예민할 수밖에 없었다. 그 친구도 내가 신경질 내며 더럽다고 한 말에 기분 나빠했다.

당시 급식당번이었던 그 친구는 그날부터 배식으로 나에게 복수하기 시작했다. 이 친구는 본인이 배식하는 반찬은 콩알만큼 주기 시작했다. 밥을 배식할 때면 밥을 콩알만큼 주었고 멸치면 멸치를 한 마리만 주었다. 나는 중학교 시절 내내 배고팠던 경험이 있다. 그래서 유독 먹는 것과 관련되어선 예민했다. 그럼에도 내가 반응하면 중학교 시절이 되풀이될 수 있다는 두려움에 날마다 '참을 인' 자를 그려가며 참았다. 하지만 이 친구는 포기할 줄 몰랐다. 나에

대한 비열하고 치사한 복수는 계속되었고 어느 날도 나에게 김치를 한 조각만 주었다. 그날따라 기분이 좋지 않았던 나는 결국 폭발하고 말았다. 나는 들고 있던 급식 판을 던지곤 그대로 주먹을 휘두르며 달려들었다. 그렇게 그 친구를 몇 대 때렸고 친구들이 말려주어서 싸움은 끝나게 되었다. 시간이 지나고 화가 풀린 나는 수업이 끝난 후 그 친구에게 다가가 "내가 너무 흥분했던 것 같아. 미안해."라며 사과했다. 하지만 일방적으로 맞기만 했던 이 친구는 분이 풀리지 않았는지 내게 "학교 끝나고 다시 싸우자. 가지 말고 남아라!"라고 했다. 그렇게 학교 수업을 끝마친 후 다시 싸우게 되었다. 하지만 싸움이 시작되자 내 주변을 둘러싸고 있던 모르는 친구들이 나를 붙잡았고 나는 일방적으로 맞게 되었다. 그리고 그렇게 싸움이 끝나게 되었다.

나는 서로 한 번씩 주고받았기에 끝이 난 줄 알았다. 하지만 그다음 날 아침부터 자기 친구들을 데리고 와선 계속해서 다시 싸우자고 했다. 자신의 분이 다 풀리지 않았다는 이유였다. 하지만 나는 이미 겁을 먹어 싸울 의욕이 없었다. 그래서 나는 그 친구가 찾아올 때마다 미안하다며 사과했다. 이 친구는 내가 그러거나 말거나 "빼지 말고 나와!"라며 쉬지 않고 매일 아침 나를 찾아와 협박했다. 그래서 아침마다 학교 가는 일이 너무나도 무섭고 두려워지기 시작했다.

두려운 나머지 나는 다시 한번 아버지에게 찾아갔다. 아버지가 무서워도 아버지 말고는 찾아가 조언을 구할 사람이 없었다. 나는 앞뒤 상황들을 설명했고 어떻게 해야 할지 물었다. 그러자 아버지는 싸울 자신이 없으면 무릎을 꿇고 빌라고 했다. 그래서 나는 아버지의 말대로 친구에게 찾아가 그 앞에 무릎을 꿇고 빌었다. 하지만 그 친구는 빼지 말라며 계속해서 다시 싸우자고만 했다. 그렇게 아침마다 시달리다 보니 등교할 자신이 없어졌다. 나는 이 상태로는 안 되겠다 싶었고 고민을 거듭하다 결국 그 친구와 단둘이 해결을 보기로 결심했다. 그리고 친구를 찾아가 학교를 벗어난 공간에서 단 둘이라면 싸우겠다고 했다. 그러자 그 친구는 승낙했고 그렇게 단둘이 학교를 벗어나 어느 건물 주차장으로 향했다.

주차장에 도착한 후 나는 싸우기 위해 옷을 벗는 그 친구에게 말했다. "뒷짐을 지고 있을 테니깐 화 풀릴 때까지 때려!"라고 말이다. 그러자 그 친구는 빼지 말고 덤비라며 계속해서 싸우길 원했다. 그럼에도 나는 계속해서 때리라고만 했고 결국 그 친구는 자신의 화가 풀릴 때까지 나를 때렸다. 그제야 화가 풀린 친구는 쓰러진 나를 부축해서 학교까지 데리고 와주었다. 그리고 친구는 미안했다며 앞으로 잘 지내자고 사과를 했다. 하지만 이미 자존심에 상처가 날 만큼 나버린 나는 더 이상 학교를 다닐 자신이 없었다. 만약 내가 학교를 계속해서 다닌다고 해도 내가 싸움에서 진 사실은 학교에 퍼질 것이고, 그렇게 되면 중학교 때처럼 괴롭힘이 시작될 것이라고 생각했다. 또 다시 지옥 같은 고등학교 3년을 보낼 자신이 없었다. 나는 그 길로 책가방을 들고 학교에서 도망쳐 나왔다.

그리고 다음 날부터 나는 한 달 동안이나 학교에 가지 않았다. 사실 중간중간 한 번씩 학교에 다시 가보려고 시도는 했었다. 하지만 막상 학교 정문 앞에 서면 무서워서 학교 안으로 발걸음이 떨어지지 않았다. 그렇게 학교에 들어가지 못하고 번번이 뒤돌아서 발길을 돌려야만 했다. 머리로는 학교로 돌아가고 싶었지만 내 몸은 두려움 때문에 자꾸만 학교 가기를 거부했다.

나에게 학교란 동물들을 모두 한 울타리 안으로 집어넣은 투견장 같았다. 나를 학교 밖으로 밀어낸 건 학교가 아니다. 또다시 잡아먹힐지 모른다는 나의 기억과 두려움이었다.

17. 무관심도 폭력이다

각 세대마다 유행하는 신발이나 패딩이 있다. 내가 고등학교에 입학했을 때는 노스페이스 패딩과 나이키 운동화가 유행이었다. 나는 관심도 없었지만 관심이 있었더라도 가난했기에 꿈도 꿀 수 없었다. 당시에 나는 운동화가 없어서 집안에 굴러다니는 아버지의 랜드로버 같은 신발을 신고 학교를 다녔다. 사실 그동안 좋은 운동화를 가져본 적이 없었기에 딱히 신발에 대한 욕심이나 부끄러움은 없었다. 그래서 전혀 신경이 쓰이지가 않았다.

그렇게 첫 체육 시간이 있던 날, 나는 체육복에 랜드로버 신발을 신고 운동장에 나갔다. 이런 나의 옷차림을 본 체육 선생님은 모두가 모인 자리에서 "야! 운동화 신고 와. 어디서 그런 아저씨 같은 신발을 신고 왔어?"라고 이야기했고 그 순간 친구들의 시선은 온통

나의 신발로 향했다. 그리고 웃음바다가 되었다. 정말 쪽팔려서 쥐
구멍에라도 들어가고 싶은 심정이었다. 그리고 선생님은 다음 체
육 시간엔 꼭 운동화를 신고 오라고 말했다.

나는 학교 수업이 끝나자마자 별거 중인 아버지에게로 달려갔다.
그리고 아버지에게 체육 시간에 운동화가 필요해서 그러니 운동화
한 켤레만 사주면 안 되겠냐고 부탁했다. 그러자 아버지는 저녁때
즈음 검은 봉지에 담긴 운동화 하나를 건네주었다. 검은 봉지 안에
는 학생의 운동화라고 하기엔 화려한 호피 무늬가 가득한 운동화
가 들어 있었다. '슬레진저.' 아직도 이 운동화의 회사 이름을 잊지
못한다. 그땐 '좋다.', '싫다.'라는 의견을 내세울 처지가 아니었기에
그저 "감사합니다." 하고 신을 수밖에 없었다. 운동화가 아무리 후
졌어도 더 이상 체육 시간에 웃음거리는 되지 않겠다는 사실 하나
만으로도 안도감이 들었다.

그 후 체육 시간이 있었던 날 아침, 운동화를 신었지만 생각보다
사이즈가 많이 컸다. 당시 내 발 크기는 250이었는데 훨씬 큰 270
을 사다 주셨기 때문이다. 아무리 신발 끈을 조여도 벗겨지기만 할
뿐이었다. 그래서 나는 운동화 앞쪽에 신문지를 잔뜩 구겨 넣고 그
상태로 신발 끈을 꽉 조여 맸다. 그렇게 신발을 신은 내 모습은 내

가 봐도 창피할 정도로 웃겼다. 신문지를 구겨 넣은 앞은 심하게 평
퍼짐했고 신발 끈을 꽉 쪼아 놓은 뒤쪽은 얄팍해서 우스꽝스러운
모습이었다.

등굣길부터 다른 학생들의 운동화와 비교되어서 눈치가 보이기
시작했다. 학교에 도착해서도 다른 친구들에게 들킬까 봐 발 위에
가방을 올려놓았다. 어찌나 눈치가 보이는지 나는 점심시간이 될
때까지 화장실도 가지 못했다. 그렇게 체육 시간이 되었고 체육 선
생님은 제일 먼저 내가 운동화를 신고 왔는지부터 확인했다. "어디
서 그런 신발을 산 거야. 그렇게 큰 신발 신고 운동하면 다쳐. 네 발
에 맞는 운동화 신고 와!" 그 순간 나의 신발을 쳐다본 친구들은 모
두 웃음바다가 되었다. 어찌나 부끄러운지 랜드로버 신발을 신고
왔을 때보다 더 부끄럽고 쪽팔렸다. 다행히도 그 이후 운동화를 가
지고 놀리거나 괴롭히는 친구들은 없었다.

돈이 없어 가난할 수도 있고, 시장에서 파는 싸구려 신발을 신을
수도 있다. 만약 내가 신은 신발이 내 발에 꼭 맞는 크기이고, 평범
한 색깔과 디자인의 신발이었다면 웃음거리는 되지 않았을 것이
다. 이런 일이 벌어진 진짜 이유는 가난이 아니다. 아버지가 나에
대한 관심이 없었기 때문에 벌어진 일이다. 관심이란 나의 시선이

온통 그 사람에게 향해 있는 것이다. 그렇기 때문에 무엇을 좋아하는지, 무엇이 필요한지 단번에 알 수 있는 것이다. 사랑은 나의 시선이 얼마나 그 사람에게 있느냐이다. 아무리 시장바닥에서 샀다지만 나에게 조금의 관심만 있었더라면 나의 발 크기를 알았을 것이고, 호피 무늬가 아닌 평범한 디자인의 운동화를 샀을 것이다. 나에게 관심이 없었기에 이런 일이 벌어진 것이다.

18. 자존감은 낮고 자존심만 높았다

    나는 결국 고등학교를 자퇴했다. 자퇴하고 나니 아무것도 하고 싶지 않았다. 아니 아무것도 할 수가 없었다. 대인기피증과 우울증이 찾아왔다. 그냥 사람이 무섭고 두려웠다. 사람들을 마주칠까 봐 집 밖으로는 나갈 수도 없었다. 집 안에 있다고 해서 괜찮은 것도 아니었다. 바깥에서 지나가는 사람들의 목소리만 들어도 패닉에 빠지곤 했다. 마치 모두가 나를 향해 욕하는 것만 같았다. 내 방에서 새어 나가는 불빛을 보고 사람들이 내 존재를 알 것만 같았다. 만약 내가 집에 있다는 것을 알게 되면 사람들이 욕할 것 같았다. 그래서 나는 내가 집에 있다는 것을 감추기 위해 빛 하나 들어오지 못하도록 모든 창문을 가리기 시작했다. 그럼에도 자꾸만 누군가가 나를 감시하고 있는 것 같아서 두려웠다. 그래서 내 방은 24시간 내내 빛 하나 없이 어두컴컴했다. 그렇게 지내자 점점 빛이 무서워지기 시작했고 캄캄해야만 그나마 마음이 평안해지는 것 같았다.

  한 치 앞도 보이지 않는 방 안에서의 생활은 한 달 동안 지속되었다. 하루 종일 나는 어디서부터 잘못된 것인지, 내가 앞으로 살아갈 수는 있을지에 대한 생각만 되풀이할 뿐이었다. 사실 당시의 나의 감정과 기분을 설명할 마땅한 단어가 없다. 그저 아무것도 없는 황무지 한가운데 나 혼자 덩그러니 서 있는 느낌이었다. 그렇게 한 달의 시간이 흐른 어느 날 고등학교 때 같은 반이었던 친구에게서 전화가 걸려 왔다. 솔직히 친해졌다고 하기엔 너무나도 짧은 시간이었기에 친구의 연락이 그저 의심되기만 했다. '왜 연락했지?', '괴롭히려고 그러나?'란 생각만 들었다. 그런 나에게 친구는 계속해서 연락을 해주었다. 나는 이 친구가 문득 궁금해졌다. 그러다 용기를 내 친구를 만나보기로 결심하게 되었다.

  사실 내가 친구를 만나보기로 결심했던 이유는 딱 한 가지였다. 친구의 이름은 '승리'였고 나만큼이나 특이하고도 독특한 이름을 가지고 있었다. 그래서 궁금했다. 이 친구라면 내 아픔에 공감해 줄 수 있을 것만 같았다. 그래서 만나기로 결심을 한 것이다. 주말에 친구를 만나게 되었다. 친구는 마치 오래된 친구처럼 반갑게 나를 맞아 주었다. 그리고 우린 만나자마자 동네에 있는 분식집에 들어가 떡볶이와 순대로 배를 채웠다. 그리고 친구의 집에 가서 게임도 하고 라면도 끓여 먹으면서 신나게 놀았다. 난생처음으로 내 집처럼 편하고 신나게 놀았다. 승리네 집만 가면 너무 편하고 잠도 잘 와서 자주 놀러 가곤 했다.

　승리도 나처럼 이름에 주어진 무게가 어떤 것인지 잘 알고 있었다. 그래서인지 나의 아픔에 묵묵히 공감해 주고 들어주었다. 그렇게 우린 둘도 없는 친구 사이가 되었고, 급속도로 친해지게 되었다. 그날 이후로 승리는 내가 대학에 갈 수 있도록 검정고시에 대해 알아봐 주었다. 그리고 학원비와 생활비를 벌 수 있도록 함께 일자리도 알아봐 주었고 혼자 외롭지 않도록 함께 일도 해주었다. 이렇게 마음씨 좋고 착한 친구 덕분에 대인기피증과 우울증에서도 거의 벗어날 수 있었다.

　이런 둘도 없는 친구 사이임에도 가끔 나의 쓸데없는 자존심 때문에 다투곤 했다. 내 자존감은 한없이 낮았고 자존심은 더럽게 셌다. 그래서 툭하면 토라지거나 삐치곤 했다. 그럴 때마다 언제나 먼저 손 내밀어 주는 쪽은 사교성 좋고 털털한 성격을 가진 승리였다. 그래서인지 승리는 언제나 사람들에게 인기가 많았고 반대로 나는 사람들에게 인기가 없었다. 그래서 나는 이런 승리에게 유독 질투심과 열등감을 많이 느꼈다. 승리와 함께 아르바이트를 하면서도 나는 언제나 승리에게 향해 있는 사람들의 관심을 빼앗아오기 위해 노력을 다했다. 눈에 보이는 성과와 칭찬에 눈이 멀어 있었다.

그러던 어느 날 승리와 내가 함께 끝마쳐야 하는 일이 생겼다. 일주일에 한 번 들어오는 물건들을 납품받아 창고로 옮겨 정리하는 일이었다. 납품받은 제품들은 모두 냉동 제품들이었기에 한 명은 짐을 옮기고 한 명은 냉동고 안에서 물건을 정리해야 했다. 냉동실 정리가 잘됐는지에 따라 평가를 받았었기에 나는 칭찬받기 위해 냉동고 정리를 선택했다. 눈에 보이는 성과에 눈이 멀었던 나는 상대적으로 힘든 일은 친구에게 모두 맡겼던 것이다. 그렇게 냉동고 정리를 마친 나는 친구를 도와 나머지 짐을 옮기기 위해 친구에게로 갔다. 그런데 그곳에서 음료를 마시면서 쉬고 있는 친구의 모습을 목격하게 되었다. 나는 어떻게 된 일인지 물어보지도 않고 혼자 욱해 화를 내기 시작했다.

그러나 사실 승리는 쉬지 않고 열심히 일을 하고 있었고, 그걸 지켜보던 다른 직원 누나가 안쓰러운 나머지 음료를 주면서 좀 쉬엄

쉬엄하라고 했던 것이었다. 그렇게 잠깐 쉬고 있던 승리를 본 나는 친구가 일을 하지 않고 놀고 있다는 생각에 화가 났었다. 쓸데없는 자존심 때문에 힘든 일을 친구 혼자 하게 두었던 자신을 생각하지 못하고 말이다. 그렇게 우리는 주먹 다툼까지 하게 되었다.

우리는 보통 상대에게 받았던 고마운 일들은 금방 잊어버린다. 반면에 내가 상대방에게 주었던 일들은 쩨쩨할 만큼 기억하고 생색내곤 한다. 그래서 다툴 때면 언제나 상대에게 내가 주었던 것들만 기억하면서 싸운다. 그래서 서로가 서로에게 섭섭해하고, 상처받고 다투고 헤어지곤 한다. 내가 상대방에게 베푼 일들은 잊어야만 한다. 상대방에게 받았던 고마움과 감사함은 잊지 말아야 한다. 그러려면 자존심을 죽이고 자존감을 높여야 하는데, 그때의 나는 그러지 못했었다. 그때도 승리가 사과의 손길을 내밀어준 덕분에 서로 간의 오해를 풀고 화해를 할 수 있었다.

19. 세상은 녹록지 않다

 승리가 알뜰히 챙겨주고 진로를 함께 고민해 준 덕분에 나는 꿈과 목표를 가지게 되었다. 가고 싶은 대학교도 생기게 되었다. 목표가 생긴 나는 아르바이트를 해서 모은 돈으로 검정고시 학원 수강증을 끊었다. 그렇게 오전에는 검정고시 학원에 다니고 오후에는 아르바이트하러 다녔다. 나는 자퇴했다는 사실이 부끄러운 나머지 언제나 자퇴한 고등학교 교복을 입고 다녔다. 검정고시 학원에 갈 때도 교복을 입고 갔고 아르바이트하러 갈 때도 교복을 입고 갔다.

 하지만 우물 밖의 세상은 그리 녹록지 않았다. 연습도 하지 않고 실전으로 바로 나오니 모든 것이 서툴렀고 어려웠다. 검정고시 학원에서 수업을 듣는 일도 나에게 고된 일이었다. 검정고시 학원에는 정말 다양한 사람이 모여 있었다. 학업의 끈이 짧은 만학도 어르신들, 사고를 쳐서 자퇴하거나 퇴학당한 학생들, 뒷골목에서 일하는 누나들, 검은 양복을 입은 어깨 형님들, 강의실의 분위기는 언제나 무거웠고 자유분방했다. 도저히 공부를 할 수 있는 환경이 아니었다. 수업을 듣는 6시간은 숨이 턱턱 막힐 정도로 무거운 분위기였다. 쉬는 시간엔 화장실도 마음대로 갈 수 없었다. 화장실은 언제나 무서운 누나들과 어깨 형님들의 전용 흡연실이었기 때문이다. 화장실이 너무 급해 들어가려고 시도하면 "아가야, 다른 데 가서 볼일 봐라!"라고 해서 결국 학원 앞에 있는 지하철 화장실까지 뛰어 갔다 와야만 했다. 그렇게 나는 두 달 정도 학원에 다니다가 결국 그만두게 되었다.

그렇게 학원을 그만둔 나는 돈이나 많이 벌기로 마음먹었다. 그렇게 일자리를 하나 더 구해 새벽 5시부터 오후 3시까지는 물류센터에서 일을 하고, 오후 5시부터 10시까지는 햄버거 가게에서 일을 했다. 투잡을 뛰다 보니 몸은 힘들었지만 그만큼 돈은 많이 벌 수 있었다. 지금까지 돈이 많아본 적도 돈을 사용해 본 적도 없었던 나는, 막상 수중에 많은 돈이 생기니 어디에 써야 할지를 몰랐다. 그렇다고 저축할 생각은 더더욱 하지 못했다. 그러던 와중에 일하던 햄버거 가게에서 좋아하는 사람이 생겼다. 좋아하는 사람에게 잘 보이고 싶어져 좋은 옷들과 신발을 사는 일에 재미를 붙이기 시작했고, 좋아하는 사람의 마음에 들기 위해 선물을 사서 가져다주기 시작했다. 그렇게 열심히 일해서 번 돈들은 쓸데없는 곳에 낭비되기 시작했다.

나 자신을 꾸미는 일은 생각보다 재미있었고 중독성이 있었다. 옷과 신발을 사니 머리도 하고 싶어졌고 그래서 나는 그동안 하고 싶어도 하지 못했던 염색도 해보고 파마도 하면서 나를 꾸미기 시작했다. 그렇게 나 자신에게 많은 돈을 투자하고 좋아하는 사람에게 선물도 했지만, 첫사랑은 이루어지지 않았다. 첫사랑에 실패한 후 받은 상처는 생각보다 컸고 후폭풍 또한 컸다. 나는 시련의 아픔을 떨쳐내기 위해 더욱더 외적으로 꾸미는 것에 돈을 쓰기 시작했다. 그리고 아픔을 달래기 위해 사람들과 어울려 술도 마시고 담배도 피우기 시작했다. 뒤늦게 사춘기가 온 것이다. 아픔을 달래기 위해 먹기 시작한 술이었지만 정신차려보니 중독이 되어 매일 마시고 있었다. 사실 술이 좋았다기보다는 술의 힘을 빌려 속에 있는 말들을 사람들에게 털어놓을 수 있는 것이 좋았던 것 같다. 술에 잔뜩 취해야 속에 있는 말들이 나왔기에 만취 상태가 될 때까지 마셔야 했다. 술에 취해 잠시나마 과거의 기억을 잊고 사람들에게 위로받는 그 시간들이 너무 좋았다.

그렇게 정신 못 차리고 방황하는 시간은 길어졌다. 그래도 정말 다행히 승리가 옆에서 도와준 덕분에 나는 정신을 차리고 방황에서 벗어날 수 있게 되었다. 열심히 공부한 결과 검정고시에 합격할 수 있었고, 목표로 했던 대학에 들어갈 수 있게 되었다.

흰색의 옷이 더러워지는 건 순식간이다. 나쁜 것에 물들고 빠지는 건 정말 순식간이다. 원래의 깨끗했던 흰색을 되찾는 일엔 많은 시간과 노력이 필요하다. 나 역시 방황에서 벗어나 올바른 방향을 설정하고 흰색을 되찾는 일이 녹록지는 않았다. 중요한 건 시간이 아니라 어떤 사람이 되겠노라고 방향을 설정하는 일이었다. 포기하지 않고 방향만 잘 잡는다면 시간이 얼마가 걸리든 결국 도착할 수 있다.

20. 복수할 기회가 생겼다

고등학교를 자퇴하고 햄버거 가게에서 일할 때의 일이다. 햄버거를 만들고 감자튀김을 튀기고 계산하는 일은 생각보다 내 적성에 잘 맞았다. 그래서 남들보다 조금은 빠르고 재밌게 일을 배울 수 있었다. 그렇게 일을 시작한 지 1년 정도가 되었을 땐 새로운 아르바이트생들을 가르치는 위치로 승진을 할 수 있었다.

그러던 어느 날 새롭게 교육받을 아르바이트생들이 들어오게 되었고 나는 그들의 교육을 맡게 되었다. 그런데 새로운 아르바이트생들 사이에 중학교 시절 나를 괴롭혔던 놈이 끼어 있었다. 나는 그놈의 얼굴을 보자마자 화들짝 놀라 화장실로 달려갔다. 다행히 그놈은 나를 알아보지 못하는 것 같았다. 나는 그놈의 얼굴을 보자마자 올라오는 분노와 두려움으로 인해 감정을 주체할 수 없었다. 그래서 나는 그놈의 트레이닝만 다른 동료들에게 맡겼다. 도저히 내가 직접 가르칠 자신이 없었기 때문이다. 그리고 나는 동료들에게 그놈을 누구보다도 혹독하게 대하라고 부탁했다. 그리고 무언가 실수를 했을 땐 절대로 봐주지 말라고 했다. 이런 이상한 나의 모습을 동료들은 그저 의아해하고 궁금해했다.

일하는 동안 그놈이 신경 쓰여 도저히 일에 집중할 수 없었다. 물고기가 미끼를 물기를 기다리듯 그놈이 내 앞에서 실수하기만을 바라며 기다릴 뿐이었다. 나는 할 수 있는 한 나의 직급을 이용해 그놈을 다그치고 갈구는 것에만 노력을 다했다. 사실 같은 공간에서 일하는 것만으로도 토 나올 정도로 불편했다. 그렇다고 내가 그만둘 수는 없었기에 이놈이 힘들어서 빨리 그만두기를 바라는 마음으로 더 혹독하게 밀어붙였다. 다른 한편으론 그만두지 말고 오랫동안 지금처럼 혹독하게 나에게 시달리길 바라는 마음이 들기도 했다. 나의 이런 치졸한 복수는 가려운 곳을 긁는 것처럼 시원하지는 않았다. 그래서 더 억울하고 괘씸해서 안절부절못했다. 이놈이 학창 시절 내게 그랬던 것처럼 나도 이놈이 어떤 식으로든 나의 갈굼에 반응하길 바랐다. 하지만 이놈은 내가 다소 무리하고 비합리적인 업무를 지시해도 묵묵히 해냈다. 그래서 더 괘씸했다.

그렇게 불편하기만 했던 한 달의 시간이 흐른 어느 날, 이놈은 다짜고짜 나에게 다가와 잠깐만 단둘이서 대화를 나눌 수 있겠냐고 물었다. 나는 순간 겁먹긴 했지만 그러자고 했다. 그리고는 조용한 곳으로 자리를 옮겼다. 이놈은 먼저 "나 오늘까지만 일하고 그만둬. 그리고 중학교 때 진짜 미안했었다. 그땐 다들 그러길래 그래도 되는 줄 알았어. 진짜 미안해."라며 뜬금없는 사과를 했다. 그동안 나를 전혀 못 알아보는 줄만 알고 있었는데 그게 아니었던 것이다. 갑작스럽게 사과를 받은 나는 어쩔 줄 몰라 아무 말도 하지 못했다.

나는 언젠가 만약 이런 상황이 내게 일어난다면 화를 낼 수 있을 것이라고 생각했다. 그런데 막상 상상만 하던 일이 내 앞에 펼쳐지니 그럴 수 없었다. 마치 비커 속에 가라앉아 있던 흙탕물을 다시 휘저어 놓은 것처럼 혼란스럽기만 했다. 그리고 괜히 그동안 못살게 굴었던 일들이 마음에 걸려 찜찜했다. 그렇게 이놈은 자신이 내뱉은 그대로 일을 그만두었다.

막상 복수를 해보니 복수가 그리 달콤하지만은 않았다. 용기 내서 먼저 진심으로 사과해 준 친구의 용기 덕분에 복수하고 싶었던 마음은 사라졌다. 물론 이날 이후로 이 친구와 연락하거나 만난 적은 없다. 하지만 적어도 내 기억에서만큼은 마냥 밉지만은 않은 그런 친구로 기억되고 있다.

　말 한마디로 천 냥 빚을 갚는다는 옛말이 있다. 피해자에게 가해자가 하는 사과 한마디는 사막 한가운데서 마시는 한잔의 물과 같다. 피해자는 매일을 물 하나 없는 사막과도 같은 인생을 살아간다. 사막에서는 물이 없으면 죽는다. 가해자의 사과가 없으면 피해자는 죽어가는 것과 다름없이 산다. 그러나 가해자에게 사과를 받는다고 바로 사막에서 벗어날 수 있는 것도 아니다. 한 번의 사과로는 부족할 수도 있다. 진심으로 잘못을 후회하고 반성한다면 피해자가 사막에서 안전히 벗어날 때까지 물을 공급해주어야 한다. 과거의 고통에서 벗어날 때까지 용서를 구해야 한다는 것이다. 가해자의 진심이 담긴 사과 한마디는 죽어가는 사람을 살리는 일과 같다. 피해자가 사막에서 벗어날 때까지 가해자는 계속해서 물을 건네주어야 한다.

PART 2

좌절과 포기

도망치는 것이 습관이 되었다

21. 운마저도 나를 도망치게 만들었다

수능시험을 치른 후 나는 목표했던 대학에 입학할 수 있었다. 대학교 개강 첫날, 나는 새로운 마음과 막연한 두려움을 함께 가진 채 캠퍼스로 향했다. 이번만큼은 절대로 실패하거나 포기하지 않으리라는 굳센 다짐을 한 채 말이다. 다행히도 한 학기를 보내는 동안 문제가 될 만한 큰일들은 없었다. 그래서 대체로 원만한 캠퍼스 생활을 보냈고 친구들도 많이 사귀고 친한 친구들도 여럿 생겼다. 하지만 나와 사이가 좋지 않았던 딱 한 명의 동기가 있어 힘들었다. 중학교 때 나를 괴롭힌 놈이 투영되어 보일 정도로 말이다. 그래서 나는 한 학기를 마치자마자 그 동기를 피해 휴학을 선택하게 되었다. 그리고 5개월 정도 후엔 군대에 입대하게 되었다. 사실 다른 친한 동기 친구들과 학교를 좀 더 다니다가 조금 더 늦게 군대에 입대해도 됐다. 그럼에도 불구하고 나는 어떻게든 그 동기와 캠퍼스에서 마주치고 싶지 않았기에 원치 않는 군대를 선택하게 된 것이다. 내가 군대를 다녀오면 그 녀석은 4학년 졸업반이거나 군대에 갔거나 둘 중 하나일 것이기에 마주치지 않을 것이라고 생각했다. 싫어하는 동기 한 명 피하겠다고 군대라는 도피처를 선택한 것이다.

군대에 지원하자마자 나는 일주일 만에 입영통지서를 받게 되었고 그렇게 한겨울에 입대하게 되었다. 그리고 난생처음으로 넓은 방에서 많은 사람들과 함께 단체 생활을 하게 되었다. 혼자가 익숙했던 나로서는 함께 밥을 먹고 잠을 자는 단체 생활이 너무나도 불편하기만 했다. 그래도 많은 사람들이 먼저 말을 걸어주고 인사해준 덕분에 차츰 적응해 나갈 수 있었다.

훈련을 받던 곳은 강원도 최전방 지역이었다. 한낮 기온도 영하 20도까지 떨어질 정도로 추웠다. 추위에 약했던 나는 운이 나쁘게도 새끼발가락에 심각한 동상을 입고 말았다. 그로 인해 나는 나의 의지와는 상관없이 남아 있는 모든 훈련에서 제외가 되었고 치료에만 전념하게 되었다.

나의 하루 일과는 단순했다. 그저 하루 종일 따뜻한 곳에서 먹고 자면서 치료에만 전념하는 것이었다. 그렇게 열심히 치료만 받았음에도 나의 발가락은 나아질 기미가 보이지 않았다. 상태는 점점 나빠졌고 급기야 새끼발가락을 절단해야 하는 상황까지 가고 말았다. 만약 발가락 절단 수술을 받게 된다면 나는 장애인이 되어 강제 전역을 해야만 하는 상황이었다. 수술만은 피하고 싶었다. 하지만 결국 발가락은 괴사가 진행되었고 발가락 절단 수술날짜가 잡혔다. 그렇게 수술을 앞둔 날 저녁, 나는 함께 생활하던 동기들과 남은 시간을 함께 보낼 기회를 받아 그날 저녁은 내무반에서 잠을 자게 되었다. 함께 훈련받았던 사람들은 하나같이 나를 걱정해 주고 위로해 주었다. 그런데 이런 나의 상황이 부럽고 질투가 났는지, 동갑내기 동기 한 명이 나에게 시비를 걸기 시작했다. 계속해서 나를 "발가락 병신!"이라고 부르며 신경을 긁기 시작했다. 이제 발가락 수술하면 장애인이 되는 거냐면서 쉬지 않고 나를 놀려댔다.

그래도 감사하게도 주변 동기들 때문에 욱하지 않고 참을 수 있었다. 반응하지 않고 무시해서일까? 다음 날 아침 일어나 보니 나의 바지는 큰 치수의 다른 바지로 바뀌어져 있었다. 게다가 바뀐 바지에서는 지독한 구린 똥냄새가 풍겼다. 밖이었으면 당장 버리고 새 바지를 사서 입으면 될 일이었지만 여긴 군대였다. 어쩔 수 없이 찝찝하지만 똥 냄새 나는 바지를 입어야만 하는 상황이었다. 그런 상황에서 고맙게도 내 옆에 있던 동기 형이 자기 바지를 내 바지와 바꾸어 주었고 나는 그렇게 똥 냄새 나는 바지를 입지 않을 수 있었다. 나는 누가 이런 더러운 짓을 했는지 알 수 있었다. 하지만 직접 목격을 한 것은 아니었기 때문에 나는 아무 말도 할 수 없었다.

그리고 다행히 정말 기적적으로 발가락이 되살아나 준 덕분에 발가락 수술은 받지 않게 되었다. 나는 그렇게 다시 복귀해서 훈련소 생활을 끝마칠 수 있었다. 그렇게 5주간의 훈련소 생활을 마치고 나는 운전병 훈련을 받기 위해 다른 훈련소로 이동하게 되었다. 또다시 새로운 사람들과 생활하게 된 것이다. 새로운 곳에 도착한 나는 새로운 사람들과 친해지기 위해 열심히 노력했다. 그렇게 어느 정도 친해질 때쯤 나는 급성 폐렴에 걸렸다. 하늘이 정말 무심하게 느껴졌다. 그렇게 나는 사람들과 헤어져 군 병원에 2주 동안 입원을 하게 되었다. 그렇게 2주 동안의 치료를 마치고 훈련소로 복귀했지만 나는 또다시 새로운 사람들과 훈련을 처음부터 받아야 하는 상황에 놓이고 말았다. 훈련소 특성상 중간에 빠지게 되면 처음부터 다시 새로운 사람들과 훈련을 받아야 하는 시스템이었다. 하지만 계속해서 환경과 사람이 바뀌니 도저히 적응해낼 자신이 없었다. 결국 나는 극심한 우울증에 걸리게 되었고 자진해서 훈련을 포기했다. 그렇게 나는 다른 곳으로 옮겨지게 되었다. 새롭게 옮겨진 곳은 나처럼 군대에 적응하지 못하는 군인들이나 우울증이 있는 사람들이 2주 동안 쉬었다 가는 쉼터였다. 나는 또다시 새로운 사람들과 단체 생활을 하게 되었다.

　원래 쉼터에서는 2주 동안만 머물다 가는 것이 원칙이었다. 그런데 나는 우울증이 심해서인지 그 원칙을 깨고 정신과 통원 치료를 받으면서 몇 개월을 더 머물렀다. 그로 인해 2주마다 새로운 사람들과 만나고 헤어짐을 반복해야 했다. 다행인지 불행인지 나는 몇 개월을 더 그곳에 머물다가 강제 조기 전역을 하게 되었다.

　한번 운이 나쁘다고 생각하기 시작하니 계속해서 운이 좋지 않았다. 계속 포기하게 되고 실패하게 되었다. 나의 의지와는 상관없이 실패를 당하다 보니 어느 순간부터는 지레 겁먹고 내가 자진해서 먼저 포기를 하기 시작했던 것이다.

　"절이 싫으면 중이 떠나라."라는 말이 있다. 그 말처럼 한번 도망치면 그 순간은 편하고 상쾌할지는 몰라도 그 뒤로는 어딜 가든 정착하는 일은 힘들어진다. 내가 정말로 떠나고 도망쳐야 할 때는 나에게 버티고 견디어야 할 의미가 전혀 남아 있지 않을 때여야만 한다.

22. 죽는 것도 내 맘대로 되지 않았다

군대를 조기 전역한 나는 사회로 돌아오자마자 일을 하기 시작했다. 그리고 일하던 곳에서 사랑하는 사람을 만나 연애를 시작하게 되었다. 처음엔 전혀 마음이 없었다. 그런데 여자 친구의 아픔을 우연히 보게 되면서부터 호감이 생기기 시작했고 얼떨결에 사귀게 되었다. 나와 비슷한 상처와 아픔을 가진 사람이어서 그것에 연민을 느꼈던 것 같다.

나는 이전까지 연애 경험이 전혀 없었다. 그래서 모든 것이 어렵고 서툴렀다. 내가 할 수 있는 최고의 사랑 표현이라고는 그저 좋아할 만한 물건을 사서 선물해 주는 일뿐이었다. 하지만 선물 공세를 하면 할수록 여자 친구의 마음은 떠나갔다. 그토록 듣고 싶었던 "사랑해!"라는 말은 전혀 들을 수 없었다. 그렇게 여자친구의 마음이 떠나갈수록 나는 더욱 집착하기 시작했다. 선물이 부족해서 그런가 싶어 더욱 비싸고 좋은 것들을 선물하기에 이르렀지만 소용없었다. 그러다 결국 나는 여자친구에게서 이별을 통보받게 되었다. 이별 통보를 받은 나는 그 상황을 도저히 받아들일 수 없어 어린아이처럼 떼를 쓰기 시작했다. 내가 더 잘하겠다고, 네가 원하는 사람이 되겠다면서 떼를 써서 결국 붙잡을 수 있었다. 하지만 이미한 번 떠나간 마음을 되돌리는 일은 쉽지 않았다. 어쩌다 위기를 한번 넘겼어도 해결 방법을 모르니 계속해서 문제가 반복될 뿐이었다. 처음엔 여자친구가 이런 나의 모습들에서 연민을 느껴 매몰차게 이별하지 못했던 것 같다.

그렇게 꾸역꾸역 아슬아슬하게 줄타기하듯이 만남은 이어졌다. 다행히 시간이 흐르면서 점점 사이가 좋아지기 시작했다. 그렇게 사이가 좋아지다 보니 하루하루가 행복했고 감사했다. 이 세상 귀한 그 어느 것과도 바꿀 수 없을 만큼 말이다. 어느새 여자친구는 나의 인생의 전부가 되어버렸을 정도로 나에게 소중한 존재가 되었다. 여자친구가 없는 나의 인생은 상상도 할 수 없을 만큼 말이다. 그러던 어느 날, 여자친구와 나는 '어떠한 일'을 겪게 되었고 그로 인해 힘든 시간을 겪었다. 그리고 우리는 그렇게 헤어지게 되었다. 헤어지는 순간부터 나는 바다 한가운데서 표류하는 배처럼 삶의 방향을 잃고 말았다. 나의 삶의 이유는 오직 여자친구 하나였기 때문에 여자친구를 제외하곤 그 어떤 살아갈 이유나 명분을 찾을 수가 없었다. 그렇게 헤어지고 난 뒤부터 나는 날마다 술에 빠져 살았다. 술을 마시지 않으면 숨 쉬는 것조차 괴로워 견딜 수가 없었다. 뇌를 멍청하게 만들지 않으면 정말로 숨이 막혀 죽을 것 같았다. 그래서 술을 마시고 토하기를 반복했다. 술 때문에 속이 뒤집어져 괴로운 것보다 실연의 고통이 더 견디기 힘들었기 때문이다. 그래서 술 마시는 것을 도저히 멈출 수가 없었다. 하지만 술을 마시면 마실수록 죽고 싶은 마음 또한 커져만 갔다.

죽겠다고 결심이 서니 눈물도 나오지 않았다. 그렇다고 억울하지도 않았고 누군가에게 연락을 하고 싶지도 않았다. 심지어 유서 같은 것을 남기고 싶지도 않았다. 그 어떤 흔적도 남기고 싶지 않았다. 누군가에게 나라는 사람이 기억되는 것도 싫었던 것 같다. 그래서 만약 내가 죽으면 내 장례식장에 아무도 찾아오지 않았으면 했다. 아니 아무리 생각해봐도 내 장례식장에 찾아와 울어 줄 사람이 없었다. 그래서일까. 나는 실성한 사람처럼 계속해서 웃음만 흘러나왔다. 그리고 나는 주변 약국들을 돌아다니면서 수면제를 사 모으기 시작했다. 그러고는 지내던 자취방에서 소주와 함께 수면제를 몽땅 입안으로 털어 넘겼다. 그리곤 조용히 자취방에 누워 죽기를 기다렸다. 그렇게 나는 전원이 꺼지듯 서서히 기억을 잃었다. 그리고 다시 눈을 떴을 땐 내가 자살에 성공한 줄로만 알았다. 내가 귀신이 된 것은 아닌가 하고 말이다. 하지만 알고 보니 이틀 동안 기절한 상태로 있었던 것이었다. 수면제인 줄 알고 산 것은 수면제가 아닌 수면유도제였다. 아마도 약사님들께서 수면유도제를 일부러 준 것이 아닌가 싶다. 그렇게 허탈한 마음에 나는 날카로운 칼로 손목이 너덜너덜해질 때까지 긋기 시작했다. 어설프게 손목을 그었다가는 다시 살아날 것 같았기 때문이다. 정말 죽기를 각오하고 그어서 그런지는 몰라도 전혀 아프지 않았다. 오히려 실성한 듯 계속해서 웃음만 흘러나왔다. 온몸은 나른해지고 힘이 풀려 축 늘어지기 시작했다. 하지만 절대 쉽게 죽어지지는 않았다. 자세히 살펴보니 피가 따뜻한 물속에서 잘 풀어지다가도 금세 뭉쳐졌다. 그래서 나는 뭉친 피를 떼어내고 한 번 더 잘라냈지만 또 다시금 뭉쳐졌다. 태어나기를 선택하지 못한 것도 억울해 죽겠는데 죽는 것마저 내 마음대로 되질 않으니 미쳐버릴 것만 같았다.

나는 억울하고 분한 마음에 미친 듯이 비명을 질러댔다. 그렇게 쌓여 있던 분노를 토해내고 나니 그제야 너덜너덜해진 손목의 통증이 몰려왔다. 나는 너무 아픈 나머지 수건으로 손목을 감싼 상태로 응급실로 향했다. 그리고 응급수술로 너덜너덜해진 손목을 꿰

매었다. 밥도 안 먹고 술만 먹어 삐쩍 마른 내 모습을 본 의사 선생님은 내게 "어쩌다 다친 거예요?"라며 의심 가득한 눈초리로 물었다. 당시엔 자살 시도를 해서 병원에 내원을 하게 되면 경찰을 불렀다. 그래서 나는 어쩔 수 없이 "유리를 들다가 깨지면서 다쳤어요."라는 거짓말을 하고 말았다.

정말 죽고 싶어서 웃음이 날 정도로 모든 걸 포기한 사람이라면, 그 어떤 말과 관심으로도 그 결정을 바꿀 수 없다. 죽기를 각오한 사람이 죽지 않는 방법은 죽을 운명이 아니든가, 아니면 스스로 죽음의 문턱을 기어 올라오든가 이 두 가지 방법밖엔 없다고 생각한다. 사실 죽고 싶은 사람들은 누구보다도 정신력이 강한 사람들이다. 그저 외롭게 죽음의 문턱으로 내몰렸을 뿐이다. 죽기를 각오한 사람에게 '죽을힘으로 살아.'란 말은 그 사람을 절벽 밖으로 떠미는 말이다. 그런 사람이 보인다면 다가가 말없이 꼭 끌어안아 주기를 바란다.

23. 위로는 눈물을 닦는 휴지다

　자살시도로 응급실을 다녀온 나는 휴직을 했던 직장에 다시 나가
야만 했다. 죽지 않고 살았으니 당장 내야 할 월세와 생활비를 벌
어야 했기 때문이다. 먹고사는 문제로 반강제적으로 복귀를 하게
된 셈이다. 그렇게 복귀는 했지만 업무에 전혀 집중할 수가 없었
다. 그래도 다행히 직장 동료들의 배려 덕분에 한동안 업무에서 배
제될 수 있었다. 업무에서 배제된 나는 출근과 퇴근 체크만 하고 그
외의 시간은 직장 근처에 있는 광장에 앉아 시간을 보냈다. 당시 직
장동료들의 말에 따르면 그때 내 모습은 영혼이 반쯤 나가 있어서
톡 건드리면 죽을 것 같았다고 한다.

　나는 그렇게 매일 출근 카드를 찍은 후 광장에 있는 분수대에 앉
아 시간을 보냈다. 나는 그렇게 하루 종일 가만히 앉아 아무 생각

없이 멍만 때렸다. 하지만 여러 날이 지나도 나아지는 것은 없었다. 그저 숨만 쉬는 살아 있는 인형이었다. 숨을 쉬는 일은 답답했고, 먹는 음식들은 죄다 모래를 씹는 것 같았고, 마시는 물은 넘어가지가 않아서 체할 것만 같았다. 마치 삶은 고구마 100개가 목구멍 중간에 턱하고 걸린 느낌이었다. 이런 심각한 나의 기분을 전환시키기 위해 코미디 프로그램을 억지로 시청해 보기도 했지만 역시나 눈물만 흐를 뿐이었다.

그러던 어느 날도 나는 어김없이 분수대에 앉아 멍을 때리고 있었다. 그런데 갑자기 옆에 갓난아기를 안고 있던 어떤 할머니가 나에게 말을 걸어왔다. 할머니는 내 어깨를 톡톡 두드리며 한 가지 부탁을 했다. "학생! 부탁이 하나 있는데 들어 줄래요?"라고 했고 나는 "네?!"라며 약간은 귀찮은 듯 대답했다. 그러자 할머니는 "이상하게도 우리 아기가 자꾸만 학생한테 가려고 떼를 쓰네? 한 번만 안아줄 수 있어요?"라며 강제로 아기를 내 품에 안겨 주었다. 그러자 거짓말처럼 떼쓰며 울던 아기는 언제 그랬냐는 듯 얌전해졌다. 그리고는 가만히 내 품에 쏙 안겼다. 아기가 내 품에 안기자 슬픔이 몰려와 눈물을 글썽거리기 시작했다. 나는 애써 눈물을 참아보려고 했지만 그 순간 아기는 작은 손으로 내 어깨를 토닥토닥 두드려주기 시작했다. 그 순간 애써 참고 있었던 눈물이 왈칵 쏟아지기 시작했다. 나는 사람들이 잔뜩 모여 있는 광장 한가운데서 서럽게 울기 시작했다. 그러자 주변에 있던 사람들은 웅성거리기 시작했지만 사람들의 소리 따위는 전혀 신경이 쓰이지 않았다. 그저 주체할 수 없이 눈물만 흘릴 뿐이었다.

그렇게 한참의 시간이 흐른 뒤 나는 울음을 멈추었다. 그러자 옆에 있던 할머니는 가만히 내 등을 쓰다듬어 주시며 "무슨 일인지는 몰라도 힘든 일이 있었나 보네? 우리 아기가 그걸 느끼고 위로해 주고 싶었나 봐."라며 위로해 주셨다. 그 말을 들으니 겨우 멈추었던 울음이 다시 터지고 말았다. 나는 또 그렇게 한참을 울었다. 그렇게 한참을 우는 동안 할머니는 쉬지 않고 나의 등을 쓰다듬어 주셨다. 그리고 감사하고 신기하게도 내가 우는 그 긴 시간 동안 아기는 단 한 번도 울지 않았다. 그렇게 할머니와 아기는 내가 다 울 때까지 기다려 주었다.

그렇게 한바탕 눈물을 왈칵 쏟아내고 나니 꽉 막혔던 속이 조금은 시원해지는 것 같았다. 나는 그때서야 정신을 차리고 할머니에게 감사하다고 인사를 드렸고 안고 있던 아기를 할머니에게 다시 건네주었다. 할머니는 이후로도 한참 동안을 내 등을 어루만져 주시면서 "괜찮아!"라며 위로해 주셨다. 그렇게 내가 어느 정도 정신을 차리자, 할머니는 아기를 재우러 가봐야 한다면서 짐을 챙기셨다. 그리고 마지막으로 내게 "위로가 될런진 모르겠는데 힘내요! 그리고 무슨 일인진 몰라도 괜찮아요. 다 지나갈 거예요!"라고 말씀해 주셨다.

나는 원래 '힘내.'란 말을 좋아하지 않는다. 그간 '힘내.'란 말은 힘이 되기보단 오히려 내 마지막 남은 의지마저 꺾어 버리는 느낌을 주었기 때문이다. 그런데 이날은 마치 천사가 내려와 나를 위로해 준 것 같았다. '힘내.'라는 말이 전혀 싫지가 않았다.

이 세상엔 다양한 아픔을 가진 사람들이 있다. 모든 사람의 아픔을 이해하고 공감하기란 불가능한 일이다. 그렇다고 위로를 해줄 수 없는 것만은 또 아니다. 가끔은 말없이 진심으로 안아주고 쓰다듬어 주며 기다려 주는 것만으로도 위로가 될 때가 있다. 진심 어린 위로는 언제나 사람을 감동하게 하고 치유하는 힘이 있다.

24. 유일한 친구를 잃었다

시간이 흐르면서 나의 아픔은 점점 무뎌져갔다. 그리고 무뎌진 그 자리에는 외로움이 다시 자리하기 시작했다. 그래서 나는 그동 안 연락을 끊고 살았던 친구 승리에게 연락했다. 그리고 승리와 만 나서 놀면서 외로움을 달랬다. 공교롭게도 당시 승리 또한 사귀던 여자친구와 헤어졌기에 서로에게 위로가 되어주었다. 그래서 우리 는 이별을 잊을 겸 해서 보라카이로 여행을 떠나기로 했다. 그리고 그 자리에서 곧장 한 달 뒤에 떠나는 보라카이 여행 패키지 상품을 구매했다.

여행을 2주 앞둔 어느 날, 나는 승리의 부탁으로 함께 중고차를 보러 가게 되었다. 승리는 기존에 가지고 있었던 중고차를 팔고, 새로운 중고차를 구매할 계획을 가지고 있었다. 그래서 승리는 평소에 자동차에 관심이 많았던 나에게 도와달라고 부탁을 했던 것이었다. 우리는 아침부터 중고차를 둘러보기 시작해서 저녁이 다 되어서야 적당한 차를 찾을 수 있었다. 그렇게 계약서를 작성하고 가려던 찰나에 중고차 업자들은 친구가 타고 온 자동차를 자신들이 매입해 주겠다고 했다. 그래서 우리는 가격을 협상하기 시작했지만 친구와 중고차 업자들이 생각하는 매입매도 가격엔 상당한 갭이 있었다. 그렇게 협상은 진전 없이 지체되기 시작했다. 하루 종일 밥을 못 먹어 예민했던 나는 그냥 중고차 업자들이 제시한 가격에서 조금만 더 올려 받고 팔자며 친구를 설득하기 시작했다. 사실 설득보단 명령에 가까웠다. 그러자 승리는 결국 내가 제시한 가격에 차를 팔고 말았다.

다음 날, 승리에게서 전화가 걸려 왔다. 승리는 전날 있었던 일들에 대해 자신이 화났던 부분들을 말하기 시작했다. 사실 나는 승리에게 고마웠다는 말을 먼저 듣고 싶었기에 승리의 말이 기분 나빴고, 말다툼을 하기 시작했다. 우리는 서로의 오해는 풀지 못하고 기분이 상한 상태로 통화를 끝냈다. 전화를 끊고 나니 나는 승리와 함께 가기로 했던 보라카이 여행이 가기가 싫어졌다. 그래서 나는 욱하는 마음에 예약해 두었던 패키지여행 상품을 일방적으로 취소했다. 원래는 예약한 두 사람 모두의 동의가 있어야 취소가 가능했지만 승리에게 전화를 걸기 싫었던 나는 여행사 직원에게 부탁해 취소하고 말았다. 그렇게 2주 앞으로 다가왔던 보라카이 여행은 나의 일방적인 행동으로 취소되었다.

여행사 직원의 전화를 받은 승리는 나에게 몇 번의 전화를 걸어왔다. 하지만 토라진 나는 승리의 전화를 일부러 받지 않았고 홧김에 친구의 번호를 아예 삭제했다. 그렇게 승리와 나는 연락이 끊어지게 되었다. 사실 승리와 보라카이 여행을 가서 쌓인 오해들을 풀수도 있었지만, 나의 섣부른 감정적인 결정 때문에 쌓인 오해들을 풀 기회조차 놓치게 된 것이다.

소중한 것들은 잃고 난 후에야 알 수 있다. 후회했을 땐 이미 소중한 사람은 내 곁에 없다. 소중한 사이일수록 사소한 것 때문에 싸우고 상처받는다. 그럴 때일수록 대화를 통해서 갈등을 풀어야만 한다. 지나고 보면 지극히 사소한 일일 뿐이고, 별것 아닌 일이었음을 깨닫게 된다.

25. 나 같은 아이들을 만났다

　승리와 연락이 끊기고 난 후, 나는 새로운 일자리를 구하기 시작했다. 그렇게 들어가게 된 곳은 유학생들을 관리하는 에이전시 회사였다. 회사에는 필리핀 현지에서 운영하는 국제학교가 있었는데 나는 한국에서 필리핀으로 보낼 유학생들을 모집하는 일을 도왔다. 그러던 어느 날 필리핀 현지에 있던 사감 선생님이 일을 그만두는 바람에 내가 그 자리를 대신해서 채우게 되었다. 갑작스럽게 해외를 나가게 된 것이다. 나는 난생처음 비행기를 타고 해외를 나간다는 사실 하나에 들떠 앞으로 내가 돌보고 관리해야 할 학생들에 대한 사전 조사를 소홀히 했다.

　그렇게 나는 필리핀으로 떠나게 되었고 국제학교 교장 선생님 지휘 아래 모든 학생을 24시간 관리하고 돌보는 역할을 부여받게 되

었다. 학생들이 편안하게 공부하고 생활할 수 있도록 도와주어야
하는 것이었다. 나의 업무 평가는 철저히 학생들의 성적으로만 이
루어졌다. 학생들의 성적이 좋으면 계속 필리핀에 있는 것이고, 그
반대라면 한국으로 돌아가야 하는 하루살이 같은 목숨이었다. 그
래서인지 교장 선생님은 처음부터 내가 학생들에게 악역이 되기를
당부하셨다. 누구나 아이들에게 착하고 좋은 사람이 되고 싶어 하
지만, 아이들을 올바른 길로 이끌기 위해선 아이들이 싫어하는 악
역이 되어 주어야만 한다고 하셨다. 그러면서 앞으로의 필리핀 생
활이 쉽지만은 않을 것이라고 지레 겁을 주셨다.

  나는 필리핀에 도착한 후 먼저 짐을 푼 뒤 곧장 학교로 향했다.
내가 앞으로 일하게 될 학교를 둘러보며 돌보게 될 학생들과 인사
를 나누기 위해서 말이다. 필리핀에 와 있는 학생들은 다양했다.
미국 대학으로 가기 위해 오는 학생들, 한국에서 말썽을 많이 피워
오게 된 학생들, 한국 학교생활에 적응하지 못해 오게 된 학생들,
영어 실력 증진을 위해 단기 캠프를 오는 학생들이 있었다. 막상 이
런 학생들을 직접 마주하니 그동안 감추어져 있던 트라우마가 발
동되기 시작했다. 심장은 미친 듯이 뛰었고 식은땀이 나면서 겁이
나고 두려웠다. 그 순간 나는 처음으로 필리핀에 온 것을 후회했
다.

나는 다음 날부터 학생들과 함께 등교하고 함께 하교하고 함께 잠들고 함께 일어났다. 24시간 모든 시간을 함께했다. 어색하기만 한 학생들과 친해지기 위해 나는 뒤늦게 학생 파악을 하기 시작했다. 학생들 가운데 공부를 잘하는 모범생도 있었고, 한국에서 사고를 많이 쳐서 필리핀으로 쫓기듯 온 학생들도 있었다. 반면에 과거의 나처럼 학교에서 소외당해 도망쳐 온 학생들도 있었다. 나는 유독 소외당해 도망쳐 온 학생들에게 마음이 갔다. 반대로 말썽을 피워 쫓기듯 온 학생들에겐 전혀 마음이 가지 않았고 다가가고 싶지도 않았다.

마음이 가지 않는 학생들은 하나같이 나의 말도 듣지 않았다. 싹수도 없었고 막무가내였다. 몰래 숨어서 담배를 피우거나, 무단으로 숙소를 이탈해서 나를 곤란하고 힘들게 만들었다. 그럴수록 나는 더욱더 아이들을 편견으로 대했고 편애하기 시작했다. 사실 제멋대로인 아이들을 상대하는 것이 무섭기도 했지만 갱생이 불가능하다고 생각했기에 포기한 상태였다. 하지만 매일 24시간을 함께 먹고 자면서 얼굴을 마주하다 보니 미운 정 같은 어떤 유대감이 생기기 시작했다. 주말마다 액티비티에 참여해 자연스럽게 놀면서 친해지게 되었다. 막상 아이들과 친해져 보니 나의 편견과는 다르게 좋은 아이들이었다. 그리고 친해져서인지는 몰라도 그 아이들이 더 이상 무섭지도 불편하지도 않았다.

친해진 후부터는 나는 자주 아이들과 함께 수업을 땡땡이치고 몰래 빠져나와 놀곤 했다. 아이들과 편을 나눠 축구도 하고 농구도 하면서 말이다. 그렇게 미친 듯이 신나게 땀을 흘리고 나서는 함께 작은 매점에서 시원한 봉지 음료를 하나씩 사서 마시곤 했다.

하루 종일 공부만 하다 보니 아이들은 지루함을 느꼈다. 그리고 그런 아이들 곁에 있는 나도 지루함을 느꼈다. 그러니 당연히 공부는 안 되고 떠들기만 할 뿐이었다. 나는 아이들에게 떠들지 말고 공부하라고 잔소리하느니 차라리 그 시간에 함께 땀을 흘리며 신나게 뛰어노는 것이 낫다고 판단했다. 어차피 똑같은 시간이 흘러가는데 운동을 하면서 스트레스를 푸는 편이 공부에 더 도움이 될 것 같았다. 내가 학창 시절 공부를 잘했었다면 공부를 시켰겠지만, 나 또한 공부가 싫었었기에 아이들의 마음을 이해할 수 있었다. 나는 아이들이 좋아하고 원하는 일을 하게 해주는 것이 아이들을 위하는 일이자 내가 줄 수 있는 유일한 선물이라고 생각했다.

아이들과 노는 일에 집중하다 보니 자연스레 내 업무엔 소홀해지기 시작했다. 원래 내 업무는 학생들을 관리하고 공부하도록 도와

123

서 성적이 오르게 만드는 일이었다. 그런데 막상 나는 반대되는 일들만 하고 있었다. 그러다 보니 자연스레 아이들의 성적은 떨어질 수밖에 없었다. 아이들의 성적이 좋지 않으니 나는 회사로부터 한국으로 복귀하라는 압박을 받기 시작했다. 그럼에도 나는 내 방식이 옳다고 생각했다. 오히려 한국에 갈 때 가더라도 아이들이 웃고 떠들고 뛰어놀 수 있는 시간들을 만들어주고 가겠다는 마음으로 최선의 노력을 다했다. 공부라는 것이 강요한다고 해서 되는 일이 아니지 않은가. 우리는 그렇게 매일 저녁 숙소를 도망쳐 나와 다 같이 서로의 배를 베개 삼아 둥그렇게 길바닥에 누워 하늘에 지나가는 비행기를 보며 한국을 그리워하곤 했다. 그렇게 나는 교장 선생님을 악역 삼아 학생들에게 좋은 친구 같은 선생님이 되어 주었다.

그러다 나는 결국 회사로부터 3개월 동안의 유예기간을 통보받게 되었다. 3개월 동안 학생들의 성적에 변화가 전혀 없으면 한국으로 복귀를 시키겠다는 것이었다. 회사가 원하는 대로 하자니 학생들에게 악역이 되긴 싫었고 학생들 편에 서자니 한국으로 복귀를 해야만 했다. 회사와 학생들 사이에서 이러지도 저러지도 못하고 중간에서 입장이 난처해진 것이다. 그렇게 회사와 학생들 사이에서 스트레스를 받기 시작했고 결국 견디지 못하고 한계에 부딪히고 말았다. 2주 만에 10킬로그램이 빠졌을 정도였다. 어느 날 나는 학교에 출근하자마자 가방을 챙겨 메고, 전화기는 꺼둔 채, 가까운 시내로 도망을 쳤다. 그리고 나는 시내 공원에 앉아 아무 생각 없이 멍때리며 혼자만의 시간을 가졌다. 가만히 앉아 있으니 그동안 서럽고 힘들었던 일들이 생각났고 눈물이 나기 시작했다. 그렇게 한참을 울고 나니 어느 정도 생각 정리가 되는 것 같았다. 필리핀에서 스트레스 받으며 있으니 한국에 가서 마음 편하게 지내는 것이 좋겠다 싶었다. 그렇게 생각을 정리하고 해가 질 때쯤 나는 숙소로 돌아갔다.

갑자기 핸드폰을 꺼두고 말도 없이 사라져서인지 학생들은 나를 걱정하고 있었다. 아이들은 문을 열고 들어오는 나를 보자마자 달려와 어디를 다녀왔냐며 혼자 어디 가서 맛있는 걸 먹고 온 게 아니냐는 질문들을 쏟아냈다. 나는 그 순간 웃음이 빵 터지고 말았다. 나를 걱정해 주는 모습에 감동한 것도 있지만, 자기들만 빼고 혼자 맛있는 걸 먹고 온 게 아니냐는 장난 섞인 농담이 반가웠기 때문이다. 그래서일까. 나는 그 순간 한국으로 돌아가겠다는 결심을 철회했다. 그리고 그날 저녁부터 자기 전 학생들을 한 명씩 꼭 끌어안아 주기 시작했다. 그리고는 "잘 자. 사랑한다!"라는 말을 해주기 시작했다. 당연히 학생들의 반응은 하나같이 "징그러워요. 뭐 잘못 먹었어요?"란 반응이었다. 나는 그럼에도 불구하고 매일 저녁 진심으로 학생들을 안아 주며 사랑한다고 말해주었다.

그렇게 2개월 정도의 시간이 흐르자, 학생들도 나의 진심을 자연스럽게 받아주기 시작했다. 그리고 나와 아이들의 사이엔 가족과 같은 어떤 끈끈함이 생기기 시작했다. 서로의 비밀을 털어놓을 만큼 말이다. 매일 학생들과 대화하면서 속에 있는 비밀들을 주고받다 보니 그제야 학생들을 조금 이해할 수 있었다. 누구나 아픔을 가지고 있듯 아이들의 가슴속에도 저마다의 아픔을 가지고 있었다. 아이들 마음속에 숨겨져 있던 대부분의 아픔은 내 아픔들 속에 있는 경험들이었다. 그래서 아이들에게 더 공감할 수 있었고 마음의 문을 열 수 있었다. 역시나 아이들의 아픔들은 대개 가정에서 생긴 문제들이었다. 사랑을 받아야 할 나이에 부모의 무관심과 상처를 받았던 것이다. 상처받은 아이들은 부모님의 관심과 인정 한 번 받아보겠다고 일부러 튀는 행동을 하고 나쁜 행동을 했던 것이었다. 그리고 결국 나쁜 길로 들어서게 되었다는 아이들의 이야기를 들으면서 마음이 아팠다.

우린 그렇게 서로의 비밀을 공유한 한 배를 탄 사이가 되었다. 그 이후로 나는 더욱더 아이들에게 사랑을 주기 위해 노력했다. 그렇게 사랑을 채워주니 아이들은 스스로 달라지려고 노력하기 시작했다. 그리고 자연스럽게 꿈이 생기기 시작했다. 어떤 아이에겐 파일 럿이란 꿈이 생겼고, 어떤 아이에겐 미국 군인이라는 꿈이 생겼다. 그 외에도 어린이집 교사, 가수, 연주가와 같은 각자만의 소원이 담긴 꿈이 생기기 시작했다. 이렇게 꿈이 생기니 아이들은 스스로 미친 듯이 공부하기 시작했다.

그러던 어느 날 저녁, 아이들이 단체로 나를 찾아왔다. 그러고는 말없이 나를 꼭 안아주었다. "사랑해요 쌤! 굿나잇!" 내가 눈물이 많은 건 사실이지만 그날은 너무 행복하고 감동해서 아이처럼 계속 눈물을 글썽거렸다. 그동안의 힘들었던 필리핀 생활들이 주마등처럼 지나가면서 울컥한 것도 있다. 사실은 내가 아이들을 변화시킨 것이 아니다. 아이들 스스로 변화한 것이다. 나는 그저 아이들에게 내가 받았던 사랑을 흉내 낸 것밖에 없다.

꿈과 목표가 생긴 아이들은 목표를 이루기 위해 열심히 공부하기 시작했지만, 노력하는 만큼 성적이 오르진 않았다. 안 하던 공부를 갑자기 한다고 해서 성적이 쑥쑥 올라줄 리는 없었다. 학생들의 성적 때문에 회사의 압박을 받던 나는 스스로 그만두겠다고 말했다. 갑작스러운 나의 한국행은 나를 의지했던 많은 학생에게 배신감을 안겨 주었다. 학생들은 내가 자기네들을 버리고 떠난다고만 생각했다. 이런 학생들만 생각한다면 어떻게 해서든 버티고 싶었지만, 계속되는 압박을 도저히 감당해 낼 자신이 없었다. 그래서 나는 결국 다시 한번 포기하고 도망치는 선택을 하고 말았다.

교장 선생님이 말하는 아이들을 위한 '악역'이란 아이들이 공부하게끔 엄격한 규율과 질서 안에서 교육하는 것을 말한다. 당연히 아이들은 이렇게 교육하는 선생님을 미워할 수밖에 없다. 하지만 아이들을 효과적으로 공부시키고 통제하기엔 좋은 방법이다. 그리고 내가 말하는 '선역'이란 아이들에게 자율성을 주고 편한 환경만을 만들어 주는 것이다. 이것은 반대로 아이들이 선생님을 좋아할 수밖에 없다. 하지만 아이들이 따라주지 않는 이상 교육시키기도 어렵고 통제하기도 어렵다. 이제는 아이들에게 악역이 되어주어야 한다는 교장 선생님의 말씀의 필요성을 깨닫는다. 하지만 나는 여전히 아이들 편에 서서 끝까지 포기하지 않을 선한 역을 맡아줄 사람도 필요하다는 것에는 변함이 없다.

예를 들어 백 마리의 양을 가진 주인이 한 마리의 양을 잃어버렸다. 그리고 주인이 아흔아홉 마리의 양을 버려두고 한 마리의 양을 찾아 나서 결국 찾았다고 생각해보자. 과연 주인의 행동이 어리석었던 것일까? 아니면 멋있는 행동이었을까? 사실 어느 쪽이 정답이라고 할 수는 없다. 교장 선생님은 아흔아홉 마리의 양을 선택하고 돌보는 사람이라면, 나는 잃어버린 한 마리의 양을 찾는 것에 집중하는 사람에 가깝다. 교육적인 측면에서 보면 열심히 하려고 하는 다수의 학생들에게 고루고루 에너지를 쏟아 주고 그들이 이탈하지 않도록 통제하는 것이 맞다. 하지만 나는 다르게 생각한다. 만약 내가 한 마리의 이탈한 양을 찾으러 가서 결국 찾아서 돌아왔다고 가정해보자. 과연 아흔아홉 마리의 양들은 배신감을 느낄까? 아니면 든든함을 느낄까? 나는 100퍼센트 든든함을 느낄 것이라고 확신한다. 자신들이 길을 잃어버려도 주인이 찾으러 올 것이란 믿음을 보았을 것이기 때문이다. 그렇다고 해서 떠나지 않고 아흔아홉 마리의 양을 돌본 사람을 불신하지도 않을 것이다. 둘 모두 어떤 면에서는 옳은 역할이다.

그때 나는 내 역할에 자신이 없었고 압박을 받아 도망쳤지만, 그때 나와 같은 아이들을 만나 보냈던 시간은 내 마음속에 남아 있다.

26. 가해자를 다시 만났다

　단기 아르바이트를 하면서 지내다 모처럼 휴일을 맞아 집에서 쉬게 된 날이 있다. 밥을 만들어 먹기는 너무 귀찮아서 짜장면을 배달시키게 되었다. 배달 전용 앱이 출시되기 전이었기 때문에 음식이 오면 직접 결제를 해야 했다. 30분쯤 후 벨이 울리고 음식이 도착했다. 문을 열고 음식을 받은 후 결제를 하기 위해 배달원에게 돈을 내밀었다. 나는 그 순간 배달원의 얼굴을 보고 깜짝 놀라 심장이 덜컥 내려앉았다. 짜장면 배달원은 다름 아닌 중학교 시절 친해지기 위해 우리 집에 초대했던, 축구공을 다시 사 오라며 뺨을 때렸던 그놈이었다. 불행인지 다행인지 그놈은 나를 전혀 알아 보지 못하는 눈치였지만 나는 단번에 그놈이 누군지 알아보았다. 웃긴 건 그 애 앞에 서 있으니 여전히 심장은 떨려왔고 다리는 후들거렸다는 것이다. 10년이 지났음에도 말이다.

나의 몸은 두려움에 떨고 있었고, 내 마음은 분노로 가득 차 있었다. 계산을 끝마칠 때까지 나는 그놈을 미친 듯이 쏘아보았다. 속으로 '제발 내가 누군지 알아봐라.' 하면서 말이다. 나는 10년 동안 그놈을 잊어본 적이 단 한 번도 없다. 만약에 다시 만나게 된다면 어떻게 행동하고 말을 해야 할지 수도 없이 상상해왔었다. 하지만 그놈은 나를 전혀 알아보지 못하는 눈치였다. 그도 그럴 것이 나는 고등학교를 자퇴하고 난 후부터 미친 듯이 운동하고 살을 찌웠다. 그래서 몰라봤을 수도 있다. 하지만 그걸 떠나서 그놈은 나를 똑바로 쳐다보지도 못했다. 그놈의 눈동자는 힘이 없었고 자신감 또한 전혀 없어 보였다. 어딘가 주눅이 많이 들어 보였다. 마치 그 애의 눈빛은 세상에서 온갖 멸시와 천대를 다 받은 그런 눈빛이었다. 막상 주눅이 든 불쌍한 모습을 한 그놈을 마주하니 나는 아무것도 할 수가 없었다.

'학창 시절 그렇게 날 괴롭히고 못살게 했으면 잘 살아서 성공한 사람이 되어 있든가, 유명한 사람이 되어 있어야 10년 동안 복수의 칼을 갈아온 보람이라도 있지.' 이게 나의 솔직한 그 당시 심정이었다. 이건 뭐, 세상 다 산 듯한 얼굴을 하고 있는 중국집 배달원으로 마주하니 그토록 차고 넘치던 복수심과 전투력은 순식간에 사라지고 말았다. 실제 이놈이 어떤 삶을 살고 있는지는 내가 알 수 없다.

하지만 사람의 얼굴 중에서 성형이 불가능한 부분이 눈빛이라고 했다. 그 애의 눈빛은 불쌍하다는 마음이 절로 들 정도로 정말로 힘들어 보였다. 그래서 이러지도 저러지도 못해 기분이 정말 더러웠다. 그러나 만약 그놈이 당당한 눈빛을 하고 있었다고 해도 나는 겁먹어서 분명 모르는 척을 했을 것이다. 배가 너무 고파서 짜장면을 시켰는데, 그 애를 마주하고 나니 입맛이 싹 사라져서 한 입도 먹지 못하고 버려 버렸다.

손님과 배달원으로 마주쳤었던 그날은 어쩌면 열일곱 살의 내가 통쾌하게 복수할 수 있는 하늘이 준 절호의 기회였을지도 모른다. 쌓였던 분노와 증오 그리고 두려움과 무서움에서 벗어나고 싶은 것이 소원인 나에게 말이다. 하지만 그러지 못했다. 나를 가해했던 애가 유명한 연예인이 되어서 잘살고 있는 모습을 보는 것도 죽을 만큼 괴롭다. 하지만 나를 가해했던 애가 고통스러운 삶을 살고 있는 모습을 보는 것도 그만큼 기분이 더럽다. 결국 나를 괴롭히는 것은 사람에게 있는 것이 아니라 기억에 있는 것이다. 그때의 기억과 시간을 해결하지 않는 이상, 죽을 때까지 절대 그 고통에서 벗어나지 못한다.

27. 수치심을 겪었다

나는 일자리를 구하면 평균적으로 6개월을 넘기지 못하고 그만 두곤 했다. 그래서 나는 이런 나의 습관을 이용해 단기간 안에 고수 익을 낼 수 있는 일들을 구했다. 그러다 미군 부대에서 일하게 된 적이 있다. 영어 한마디 할 줄 몰랐던 나는 순전히 사장의 눈에 들 어 뽑히게 되었다. 그날부터 나는 왕초보 영어책을 한 권 사서 배달 에 필요한 중요한 문장들만 외웠다. 그리고 배달을 나갈 때면 사장 님이 같이 다니면서 내 소개를 잘해준 덕분에 많은 팁을 받을 수 있 었다. 나는 속으로 '세상을 살다 보니 좋은 사람도 다 만나는구나. 그간 고생했던 거 이렇게 보상을 받네.'라며 감사해했다. 그렇게 팁 을 포함해, 한 달 동안 가져가는 월급이 기본급의 6배에 달할 정도 로 고수익을 얻었다. 그렇게 시간이 갈수록 나는 점점 돈에 욕심이 생기기 시작했고 누구보다도 팁을 많이 받기 위해 욕심을 부리며 쉬지 않고 일했다.

쉬지 않고 일하는 나의 모습이 사장의 눈엔 그저 좋아 보였는지 사장은 나에게 가게 정산과 운영에 관한 모든 것을 가르쳐주기 시작했다. 그리고 사장님은 내가 나중에 이 가게를 물려받길 원했다. 그래서 시간이 날 때면 나를 컴퓨터 앞에 앉혀놓곤 가르쳐주기 시작했다. 그런데 그렇게 배울 때마다 사장은 배가 따뜻해야 한다며 손으로 내 배를 쓱쓱 문질렀다. 처음엔 내가 손자뻘이어서 그런가 보다 하고 무시했다. 하지만 배를 문지르는 행동이 계속해서 지속되니 솔직히 기분이 더러웠다. 이걸 어디 가서 말할 수도 없고 말할 곳도 없어서 답답하기만 했다. 그렇다고 홧김에 때려치우기엔 매달 가져가는 돈들을 포기할 자신이 없었다. 한 달을 열심히 모으면 대략 5,000달러가 모일 정도였기 때문이다.

그런데 막상 이렇게 돈을 많이 벌어도 돈을 사용할 곳은 또 딱히 없었다. 그러던 그때 왜 그랬는지 모르겠지만 빚이 있는 어머니가 갑자기 생각이 났다. 그리고 그동안 모아둔 돈을 환전해서 어머니에게 모두 가져다주었다. 어머니에게 뭘 바라고 가져다준 건 아니었다. 그런데 돈을 가져다줄 때마다 어머니는 세상 누구보다도 다정다감하게 나를 대해주었다. 그런 관심과 사랑이 너무나도 좋았던 나는 이후로도 돈이 생기면 가져다주기 시작했다. 그럴 때마다 어머니는 나를 알뜰살뜰히 챙겨주었고 나는 그것이 사랑이라고 생각했다. 그래서 돈이 생길 때면 돈을 가져다주거나 백화점에서 옷을 사드리거나 값비싼 밥을 사드리곤 했다. 그렇게 해서라도 어머니에게 관심받고 사랑받는 게 너무 좋았고 행복했다. 그래서 아무리 일을 하는 것이 고되고 힘들어도 행복했고 감사했다.

그즈음 사장의 행동에 스트레스를 받고 있던 나는 어머니에게 찾아가 조언을 구했다. 나의 이야기를 들은 어머니는 "네가 지금 거기서 뛰쳐나와서 그만한 돈을 어떻게 버냐? 돈 좀 모일 때까지 참고 버텨. 손자같이 예뻐서 그러나 보지. 욱하는 그 성질머리에 못 이겨서 또 뛰쳐나오지 말고!"라고 했다. 나는 어머니의 말을 굳게 믿었다. 그리고 욱할 때마다 어머니의 말을 떠올리며 참았다. 하지만 그러던 어느 날 사장은 배가 차가우면 안 된다며 갑자기 내 옷 속으로 손을 넣더니 내 배를 문지르기 시작했다. 그러고는 갑자기 내 볼에 뽀뽀를 하는 것이었다. 나는 순간 욱해 쌍욕을 하고 자리를 박차고 일어나 그 길로 일을 그만두었다. 그렇게 미군 부대를 뛰쳐나온 이후로 누가 내 배에 손만 갖다 대도 배의 근육들이 꿈틀거릴 정도로 경련이 일어났다. 이 일이 있고 난 뒤로는, 지나다니는 나이 많은 할아버지들은 죄다 똑같아 보였고 화가 나서 증오하기 시작했다.

그렇게 무직이 되고 돈이 떨어지자, 어머니는 더 이상 예전과 같이 나를 반겨주지 않았다. 그만뒀다는 사실을 알고 나서부터는 나를 사람 취급도 하지 않았다. 어머니의 모든 관심사는 아들인 내가 아니라 오로지 돈이었던 것이다. '내가 과연 친자식이 맞기는 한 걸까? 병원에서 다른 신생아랑 바뀐 건 아닐까?' 어머니에게 돈을 가져다주고 선물을 한 것을 정말로 후회했다. 차라리 미워하고 복수심을 가지고 살던 시절이 더 마음이 편했다고 느낄 정도였다. 사랑한번 받아보겠다고 아무 의미 없는 호의에 약해졌던 내 모습이 정말 처량하고 비참했다. 어머니가 죽게 되면 그 장례식은 절대로 가지 않겠노라고 다짐했다.

수치를 당해본 사람은 안다. 얼마나 그 기억이 나를 괴롭히고 못견디게 하는지 말이다. 그리고 믿었던 사람에게 배신당하는 일은 사람을 불신하게 만든다. 무엇보다 나는 이때 돈으로는 진짜 사랑을 살 수도 없지만 돈 때문에 사랑을 해서도 안 된다는 것을 깨달았다. 돈이 없으면 없어지는 사랑은 사랑이 아니다.

28. 싱가포르

　미군 부대에서 뛰쳐나온 나는 더 이상 한국에서 일을 하고 싶지 않았다. 그냥 한국이 싫었다. 그래서 나는 해외에서 일자리를 구하기 시작했다. 그 결과 싱가포르에 있는 한식당에 합격했고 싱가포르에 있는 여러 지점 중 한 곳에서 일하게 되었다. 그곳에서 나는 매니저인 한국 사람 한 명, 5명의 외국인과 일하게 되었다. 외국인 친구들은 말레이시아, 인도, 중국, 파키스탄, 필리핀인으로 다양했다. 첫 만남부터 외국인 친구들과 사이가 좋지 않았고 기싸움이 정말로 치열했다. 나는 외국인 친구들이 이유 없이 그냥 싫었다. 외국인 친구들도 나는 갑자기 들어온 낙하산이었기에 달갑지 않아하는 것 같았다.

　이런 기싸움들은 일을 하면서 더욱 심해지기 시작했다. '빨리빨리' 문화가 익숙한 나는 거북이처럼 느러터진 외국인 친구들을 갈

구기 시작했다. 그렇게 점점 나와 외국인 친구들 사이 갈등의 골은 깊어져만 갔다. 사이가 안 좋아서 그런지 시간이 지날수록 그들의 단점만 도드라지게 보였다. 꼬질꼬질한 옷차림이 거슬렸고 향수와 섞인 지독한 암내가 거슬렸다. 젓가락으로 먹는 기괴한 식습관이 거슬렸고 그들이 쓰는 언어들이 거슬렸다. 이외에도 문화적으로 많은 부분이 거슬렸고 불편했다. 그래서인지 계속해서 부딪힐 뿐이었다. 결국 나는 모든 외국인 친구와 돌아가면서 한 번씩 크게 싸웠다.

그런데 고맙게도 외국인 친구들이 먼저 아이스크림을 먹으러 가자며 손 내밀어 주었고, 그렇게 아이스크림을 계기로 둘도 없는 형제처럼 친해지게 되었다. 외국인 친구들과 친해지니 그제야 유일한 동족인 한국인 매니저가 신경이 쓰이기 시작했다. 편견이지만 한국인 매니저는 묘하게 나를 괴롭혔던 가해자 놈들과 닮아 있었다. 그래서 다가가기가 불편했고 얼굴만 봐도 이유 없이 화가 났다. 그리고 뭔가 친해지면 안 될 것 같은 느낌마저 강하게 들었다. 한국인 매니저 형은 사실 나와 나이 차이가 크게 났다. 게다가 전직 장교 출신이어서 무뚝뚝하기까지 해서 말을 걸기도 불편했다. 뭔가 틀에 박힌 고지식한 부분도 있어서 일을 하면서도 유독 의견 충돌이 많이 일어났다. 그럴 때마다 매니저 형은 자신의 직위를 이용해 나를 굴복시키려고 했다. 그러다 나는 결국 참지 못하고 말싸움을 하게 되었고, 그렇게 서로 입에 담지도 못할 말들을 주고받으며 싸우게 되었다. 결국 싸우다 나는 내 감정을 주체하지 못하고 가게를 뛰쳐나왔다.

그날 밤, 나는 숙소로 돌아오는 버스 안에서 펑펑 울었다. 생각해 보면 난 울보가 아닐까 싶다. 나는 매번 비슷한 상황에서만 무너졌다. 그 상황을 해결할 생각도 하지 못했고 그 어떠한 행동도 하지 못했다. 그래서 억울하고 답답해서 울기만 할 뿐이었다. 비슷한 일이 생길 때마다 나는 마치 앞뒤 양옆 사방이 막혀 오도 가도 못하는 느낌이었다. 그리고 도망친 곳에서 내가 피했던 적들을 다시 만나는 것 같았다. 피하면 다시 마주치는 반복되는 기구한 나의 인생이 너무 답답하고 불쌍했다. 이런 일들이 생길 때마다 나는 '왜 이런 불행한 삶을 자꾸 살아야 하지?', '나도 모든 사람에게 환영받고 사랑받고 싶은데 뭐가 문제지?'라는 해답 없는 자괴감과 후회만이 몰려왔다.

불행은 늘 연이어서 온다고 했던가. 내가 지내던 숙소에 '베드버그'가 번지기 시작했다. 우리나라 말로는 '빈대'라고 하기도 한다. '베드버그'에 물려본 사람은 안다. 엄청 간지러운데, 긁으면 더 간지럽다. 그리고 긁으면 긁을수록 번진다. 그게 정말 사람을 미치게 만든다. 그렇다고 딱히 치료제가 있는 것도 아니고 박멸할 방법이 있는 것도 아니다. 피를 먹으며 다 자란 성충은 눈에 보이지만 실제 내 피를 빨아먹는 '새끼 베드버그'들은 눈으로 식별이 힘들 정도로 작다. 그래서 정말 괴롭다. '베드버그'가 한번 집에서 발견되면 그 집은 '베드버그'가 점령했다고 보면 될 정도이다. 모든 것을 태우지 않는 이상 재앙의 연속이다. 그렇게 베드버그로 인해 잠을 자지 못하는 날은 늘어났고, 일을 하러 가서는 매니저 형 때문에 스트레스를 받아야 했다. 그래서 포기하고 한국으로 돌아가야 하나란 생각을 밥 먹듯이 하기 시작했다.

도망과 도피만이 무조건 일을 해결해 주지는 못한다. 내가 그 문제와 부딪혀서 해결하지 않는 이상 계속해서 문제에게 끌려 다닐 것이기 때문이다.

29. 포기하는 것이 쉬웠다

　나를 괴롭히던 매니저가 다른 가게로 옮긴 덕분에 나는 한국행을
잠시 보류할 수 있었다. 하지만 '베드버그' 때문에 스트레스를 받아
서 그런지 계속해서 한국으로 돌아가고 싶은 충동이 일어났다. 그
러던 중 한국에 있는 지인에게서 한 통의 전화를 받게 되었다. 전화
의 내용은 내가 어머니처럼 생각했던 통영 이모가 암에 걸려 호스
피스 병동에서 죽음을 앞두고 있고 통영 이모가 나를 보고 싶어 한
다는 소식이었다.

　나는 어머니 같은 통영 이모 때문에라도 빨리 한국으로 돌아가
야겠다고 생각했다. 사실 한편으로는 한국으로 돌아갈 좋은 명분
거리가 생겼다고 좋아했다. 그동안 사실 모든 것을 포기하고 한국
으로 너무나도 돌아가고 싶었지만 돌아갈 명분이 없었기에 돌아갈

수 없었다. 그리고 힘들 때마다 주변 한인 지인들의 보살핌과 설득 덕분에 버틸 수 있었다. 그런데 이제는 나를 지극정성으로 보살펴 주고 챙겨주는 한인 지인들마저 설득할 수 있는 좋은 명분 거리가 생기게 된 셈이었다. 나는 그렇게 서둘러 한국으로 돌아오게 되었다.

사실 나는 결국 또 다시 포기를 선택하고 만 것이다. 지금까지 그래왔듯이 나는 늘 비슷한 상황에서 도망을 선택했다. 왜인지는 모르겠지만 포기하는 그 순간이 상쾌하고 편했다. 또한 어느 순간부턴 한 번 사는 인생 굳이 스트레스 받으며 살 필요 없다는 생각이 내 생각을 지배하기 시작했다. 그래서인지 내 인생을 통틀어서 뭔가 끝까지 버티어 결과를 이루어 낸 적이 없다. 그렇게 10년 동안 옮겨 다닌 일자리만 어림잡아 백 곳은 된다. 그리고 대학교도 휴학과 복학을 반복하다 결국 자퇴하고 여러 학교를 옮겨 다녀야만 했다. 학점은행제, 방송통신대와 같은 혼자서 공부하는 것들도 도전했지만 힘들다는 이유로 번번이 포기를 해야 했다.

사실 20대 중후반까지는 내가 선택하는 포기에 후회는 없었다. 나에게 끼치는 단점보다는 장점이 많다고 생각했기 때문이다. 그리고 '아직 나의 길을 찾지 못했을 뿐이야!'라는 다소 긍정적인 생각들로 합리화시켰다. 하지만 20대 후반이 되었을 땐 나 자신이 그저 미련하고 답답해 후회가 되기 시작했다. 왜냐하면 주변에 있는 지인들과 비교되었기 때문이다. 주변에 있는 지인들은 모두 안정적인 직장에서 꾸준히 일하며 결혼을 해서 화목한 가정을 이루기 시작했다. 그래서인지 나도 화목한 가정을 이루고 싶어졌고 더 이상 도망치고 싶지도 않았다. 하지만 그런 나의 바람과는 반대로 나는 이미 포기하는 것이 습관이 되어버렸다. 물체가 다가오면 반사적으로 피하게 되는 것처럼 말이다.

앞서 말했듯이 나는 고등학교 시절 김치 사건으로 자퇴를 한 적이 있다. 그때가 내가 처음으로 포기라는 것을 선택하고 도망을 쳤던 순간이었다. 당시 담임 선생님께서는 몇 번이고 나를 불러 자퇴하지 말고 계속 학교를 다니라고 설득해 주셨다. 그리고 담임 선생님은 내게 "지금 네가 포기를 선택한다면, 앞으로 비슷한 상황들이 네 앞에 놓일 때마다 포기만 선택하게 될 거야. 하지만 버티기를 선택한다면 앞으로 비슷한 상황에서도 버틸 힘이 생길 거야. 내가 도와줄 테니깐 한번 해보자!"라고 말씀해주셨었다.

사실 당시엔 선생님의 말씀이 그저 나를 저주하는 말로만 들렸다. 왜냐하면 나는 선생님이 말하는 그런 나약한 사람이 아니라고 생각했기 때문이다. 하지만 결국 시간이 흘러 나는 선생님의 말씀대로 그런 사람이 되었다. 내가 만약 고등학교 시절 담임 선생님의 조언을 새겨듣고 버티었다면 어땠을까? 그때 버티기를 선택하고 이겨내는 방법을 배웠더라면 지금은 나도 안정적인 직장을 다니면서 화목한 가정을 이루면서 살아가고 있을까? 나는 누구보다도 평범한 삶을 원했다. 그렇게 평범하고 싶어서 선택한 것이 자퇴였고 포기였다. 하지만 도망과 포기는 나를 평범하지 않은 삶으로 데려왔다.

사실 많은 사람들이 하루에도 몇십 번이고 더러워서 도망치고 싶어 할 것이다. 돈 때문에 버티는 것만큼 비참한 일은 없기 때문이다. 그럼에도 도망을 치지 않는 이유는 자신이 책임져야 할 가족들이 있기 때문일 것이다. 사실 언제든 도망치고 포기할 수 있다. 하지만 문제를 벗어나서는 절대로 문제를 해결할 수 없다. 문제는 문제 안에서 해결해야만 한다.

30. 시련이 끝나긴 할까?

　일자리를 계속해서 옮겨 다니면서 나의 우울증은 더욱 심해졌고 다시 사람을 만나는 일이 두려워지기 시작했다. 그래서 매시간이 불안하고 초조하기만 했다. 공황장애를 겪어본 사람은 알 것이다. 공황장애가 얼마나 일상생활을 불가능하게 만드는지 말이다. 이런 정신적인 문제들을 명쾌하게 설명하진 못하겠다. 하지만 대충 내 기준에서 느꼈을 땐 내가 어디에 있든 모든 사람의 시선이 나만을 향하고 있는 그런 숨 막혀 오는 느낌이다. 마치 누군가 내 심장을 두 손으로 꽉 움켜쥐고 있는 듯한 그런 느낌이다. 그렇다 보니 지하철을 타지 못하게 되었고 사람이 많은 곳들은 가지 못하게 되었다. 이런 나의 모습을 주변 사람들은 이해하지 못했다. 마치 한심하다는 듯 "언제까지 그렇게 살래? 그냥 딱 눈감고 정면 돌파해!"라는 말을 들어야 했다.

이런 정신적인 압박감이 주는 스트레스는 상당히 심했고 결국 오백 원짜리만 한 원형탈모가 생겼다. 그렇게 시작된 원형탈모는 번지고 번져 전체 탈모로 진행되었다. 나는 매일 걸핏하면 거울을 보기 시작했는데, 거울을 보면서도 탈모라는 것을 인정할 수 없었다. 그래서 처음엔 병원에도 가질 않았다. 그래서 온갖 민간요법이란 민간요법은 다 해봤던 것 같다. 그리고 시중에 나와 있는 탈모 방지용 샴푸란 샴푸는 다 구매해 사용하기 시작했다. 그러나 탈모는 가속화될 뿐이었다. 안 그래도 사람을 만나는 것이 두려운데 탈모까지 생기니 사람들 앞에 서는 것이 불가능에 가까울 정도로 사람을 피하기 시작했다.

나는 날이 갈수록 심해지는 탈모를 극복하기 위해 여러 방법을 시도하기 시작했다. 스킨헤드로 밀고 다녀도 봤지만, 나의 두상이 크고 예쁘지 않았기에 사람들이 더 비웃기만 했다. 그래서 나는 결국 모자를 쓰고 다니기 시작했다. 모자를 썼음에도 사람들은 내 머리만 쳐다보는 것 같았다. 그래서 점점 나의 눈빛은 날카로워졌고 나를 쳐다보는 사람들과 눈싸움을 하기에 이르렀다. 마치 학창 시절 따돌림을 받으면서 받았던 시선들을 또다시 받는 것 같았다.

또한 이 시기에 나는 이루어 놓은 것이 아무것도 없었다. 그렇다고 가진 게 있는 것도 아니었다. 내가 가진 것이라곤 우울증과 공황 장애, 탈모, 그리고 넘쳐나는 빚밖에 없었다. 그렇다고 뭔가 끝까지 완주를 해본 성취감도 없었다. 이쯤 되면 시련이 끝날 법도 한데 유독 나에게만 쉬지 않고 찾아오는 것만 같았다. 나는 유독 왜 이렇게 많은 시련들을 겪어야만 하나 싶었다. 죽고 다시 새 인생을 시작하고 싶을 정도로 내 인생이 더러워졌다는 생각밖에 들지 않았다. 모든 것이 불공평하고 억울하고 괴로울 뿐이었다.

그림 중에는 밝고 깨끗한 색의 바탕에 그려진 그림도 있지만, 어둡고 더러운 색을 바탕으로 그려진 그림들도 있다. 중요한 건 어떤 바탕을 가지고 있느냐가 아니다. 그 어떤 바탕이든 그곳에 무엇을 채워 넣어 완성해 낼 것인가이다.

31. 아픔은 누군가에겐 좋은 먹잇감이다

탈모가 진행되는 속도는 무척이나 빨랐다. 그래서 시중에 탈모에 좋다고 하는 제품들은 모두 사서 사용했다. 그러다 탈모에 좋다는 유명한 다단계 회사의 제품을 사용하게 되었고 그 제품에 흠뻑 빠지게 되었다. 그리고 다단계 판매원의 달콤한 사업 제안을 받고 혹해 사업을 배우기 시작했다. 그렇게 나는 매일 강남에 있는 사무실로 출근하기 시작했다. 처음엔 회사에서 자랑하는 수익 분배 시스템과 제품에 대해 배우기 시작했는데 배우면 배울수록 그럴듯했고 뭔가 신세계를 경험하는 느낌이었다. 그렇게 '이거다!'라고 하는 확신이 생긴 나는 돈을 들여 영업판매를 위한 준비를 하기 시작했다. 영업을 하기 위해선 깔끔한 옷차림은 필수였고 그래서 나는 가난한 형편임에도 불구하고 부자가 되겠다는 일념 하나로 신용카드를 이용해 옷을 잔뜩 구매하기 시작했다. 그리고 제품을 판매하려면 먼저 사용해 봐야 한다는 논리에 홀려 정기 구매로 제품들을 사용하기 시작했다.

당연히 돈을 투자하는 만큼 효과는 좋았다. 얼굴은 이전보다 밝아졌고 모발은 이전보다 힘이 생겼다. 그래서인지 제품과 성공에 대한 확신이 들기 시작했고 나는 남들보다 부지런해지기 위해 노력했다. 매일 아침마다 다단계를 통해 성공한 사람들의 연사를 듣기 위해 강연회에 참석했다. 그렇게 날이 갈수록 나는 점점 더 완벽하게 세뇌가 되어가기 시작했다. 결국 내 머릿속엔 회사에서 만드는 제품만이 세계 유일한 해결책이고, 믿을 수 있는 제품이라는 생각이 자리 잡게 되었다. 마치 사이비 종교에 심취된 사람과 같이 변해버렸다.

다단계 회사에서 말하는 이념과 신념은 완벽해보였다. 우리가 만나는 모든 사람과 함께 부자가 될 수 있다는 이념, 그리고 사람들을 도와주고 나눔으로써 우리가 돈을 버는 것이라는 신념은 내가 그토록 바라던 이상적인 세상이었다. 그렇게 나는 나의 사수와 함께 내 주변에 있는 사람들을 대상으로 제품을 판매할 계획을 세우기 시작했다. 오랜 시간을 두고 친근하게 접근한 다음 자연스럽게 제품을 사용하게 해서 넘어오게 만드는 전략이었다. 그렇게 주변 지인들을 대상으로 계획에 착수했지만 대부분의 지인은 나에게 정신 차리라며 욕을 했다. 나는 그럴 때마다 혼란스러웠다. 하지만 그럴 때마다 회사에서는 나를 앞서간 선배들도 모두 겪은 일이라며 무시하라고만 했다. 구시대에 갇혀 무지해서 그런 것이라며 그런 사람들과는 자연스럽게 연락이 끊길 것이라고 했다. 어차피 시간이 지나 걸러질 사람들이라며 오히려 잘된 일이라고 했다. 세뇌당한 나는 이런 말들을 철석같이 믿었다. 그래서 나는 나를 욕하는 많은 지인에게 무지하다는 말로 상처를 주었다. 그리고 과감하게 먼저 관계를 정리해 버렸다.

내가 운이 좋은 건지는 몰라도 판매실적이 없어 다단계 사업을 그만두게 되었다. 내가 들인 시간과 돈은 많지만 벌어들인 돈은 하나도 없었다. 그만두었을 땐 오히려 매달 제품을 사느라고 사용한 돈 때문에 빚만 가득했다. 그리고 정신을 차렸을 땐 이미 내 주변에 있는 대부분의 사람을 떠나보낸 상태였다. 그때야 내가 무슨 짓을 한 건가 하는 생각에 후회가 몰려왔다.

함께 잘될 수 있고 함께 돈을 벌 수 있다는 말에 혹해서 시작한 다단계는 주변 사람들을 모두 잃게 만들었고 돈마저 잃게 만들었다. 모두 잃고 나서야 돈을 버는 일 앞에서는 절대로 함께 잘될 수 없다는 것을 깨달았다. 제품을 사고 옷을 사 입느라 빚만 잔뜩 남았지만, 사람에 대한 소중함을 배웠다. 비싼 수업료를 내고 배운 셈이다. 하지만 사람들에게 상처주고 떠나보낸 일은 나에게 큰 후회와 죄책감으로 남게 되었다.

세상엔 상처 입고 다친 사람들의 마음을 이용하는 단체와 사람들이 많다. 그건 아마도 마음이 여린 사람들이라 조종하기가 쉽다고 판단해서일 것이다. 세상엔 돈을 벌면서 남을 돕는 이상적인 유토피아는 없다. 그렇게 말하는 곳에는 단지 이용하는 사람과 이용당하는 사람만 있을 뿐이다. 돈이 있어야 나누고 베풀 수 있는 삶을 살 수 있는 것은 맞다. 진짜 남을 돕고 싶다면, 내가 내 돈을 사용해서 도우면 된다. 돈을 버는 일은 돈을 버는 일이고, 나누는 일은 나누는 일이어야만 한다.

32. 온정이 나를 버티게 했다

  돈을 아무리 벌어도 수중에 남는 돈이 없었다. 월급이 통장으로 들어오는 순간 모두 카드대금 이자로 빠져나갔기 때문이다. 탈모로 쌓인 빚들과 학자금대출, 다단계에 빠지면서 생긴 빚들, 그리고 사기당해 실패한 모발이식을 하느라 사용한 수술비 때문에 나는 빚에 허덕이고 있었다. 아무리 몸이 부서져라 일해도 이자만 겨우 갚아 나가는 수준이었다. 결국 나는 날이 갈수록 불어나는 이자를 감당하지 못하고 카드로 카드를 돌려막아야만 하는 상황까지 가고 말았다.

  그러나 카드로 대금을 돌려막는 일도 금방 한계가 와버렸다. 말로만 듣던 신용불량자가 될 위기에 처하게 된 것이다. 매일 걸려오는 독촉 문자와 독촉 전화는 정말 나의 피를 마르게 할 정도로 무서웠다. 나는 신용불량자가 되는 일만큼은 막자는 생각으로 지내던 곳의 보증금을 빼서 급하게 일부의 빚을 갚았다. 그리고 지인 형님을 통해 보증금은 없고 월세가 저렴한 고시원으로 이사를 하게 되었다. 내가 지내는 고시원은 산꼭대기 부근에 있었다. 위치가 좋지 않은 만큼 월세가 저렴했다. 월세와 모든 관리비를 합쳐도 18만 원밖에 되지 않았다. 그렇게 신용불량자가 될 위기를 넘길 수 있었다.

고시원에 살면서 가장 불편했던 점은 화장실과 식사 문제였다. 화장실은 공용이었고 하나밖에 없어 새벽마다 씻는 것으로 이미 전쟁이어서 화장실은 갈 엄두도 내지 못했다. 그래서 새벽마다 고양이 세수만 하고 일을 나가야 했고 화장실은 출근해서 해결하곤 했다. 그리고 식사는 고시원 옆에 있는 밥집에서 사 먹었다. 아침은 원래 안 먹으니 걸렀고 점심은 일하는 곳에서 먹었고 매일 저녁만 밥집에서 해결을 하면 됐다. 저녁마다 밥을 먹으러 가면 밥집 사장님이신 이모님은 이것저것 잘 챙겨주셨다. 그 덕분에 매일 든든하고 배부르게 저녁을 해결할 수 있었다.

아무리 월세가 저렴한 고시원으로 이사를 왔어도 이상하게도 통장 잔고는 매번 바닥이었다. 그래서 밥집을 가지 못하고 삼각김밥으로 저녁을 때우는 일이 많았다. 그러던 어느 날도 나는 삼각김밥을 사기 위해 편의점으로 내려가고 있었다. 그런데 갑자기 밥집 이모님이 나오시더니 지나가던 나를 불러 세웠고 내게 "요즘 무슨 일 있어? 얼굴 보기가 힘드네?"라며 물으셨다. 나는 차마 돈이 없다고 말은 못 하고 얼버무리며 "그냥 좀 바빠서요!"라며 둘러댔다. 그러자 이모는 "밥은?"이라며 나를 강제로 가게로 끌고 들어갔다. 그리곤 금세 따뜻한 밥 한 끼를 정성스럽게 차려주셨다. 돈이 없었던 나는 계속해서 밥을 먹었다며 한사코 거절했다. 그러자 이모는 "밥값은 나중에 돈 생기면 줘. 그리고 앞으로 돈이 없더라도 편의점에서 삼각김밥 같은 거 사먹지 말고 와서 편하게 밥 먹고 가. 젊을 때 잘 먹어야 늙어서 안 아파!"라며 밥을 먹고 가라고 하셨다. 그렇게 나는 마지못해 밥을 먹었고 그날 이후로도 돈이 없어도 이모의 밥집에 들러 저녁을 해결했다. 이때 먹었던 이모의 따뜻한 마음과 따뜻한 밥은 여전히 그립고 생생하다.

물론 나중에 찾아뵙고 그동안 먹었던 외상값도 갚고 선물도 해드렸다. 아마 밥집 이모는 나뿐만이 아니고 그곳에 있는 많은 청년에게도 똑같이 대해주셨을 것이다. 정말 돈도 없고 희망도 없었던 시절, 밥집 이모의 따뜻한 밥 한 끼 덕분에 하루하루를 버텨낼 수 있었다.

여전히 보이지 않는 곳에서 다른 사람들을 도우며 따듯한 온정을 나누는 분들은 많이 있다. 이런 분들이 곳곳에 영웅처럼 있어야 하는 것이 아니라, 우리가 모두 이런 분처럼 따듯한 영웅이 되어야만 한다. 왜냐하면 우리 주위엔 누군가의 손길을 필요로 하는 사람들이 많기 때문이다. 내가 절벽 끝에 위태롭게 매달려 있을 때마다, 나를 끌어올려 주었던 것은 따듯한 사람들의 온정이었다.

33. 불운은 언제나 내 편이다

고시원에 살면서, 나는 새벽 6시부터 오후 3시까지는 노가다를 뛰었다. 그리고 고시원으로 돌아와 잠을 자고 밥집에서 저녁을 먹은 후 저녁 12시부터 새벽 3시까지는 지하철 스크린 도어를 청소하는 일을 했다. 모든 일이 허리를 사용하는 일이다 보니 허리 통증은 심했고 그래서 매일이 힘들었다. 솔직한 심정으로 하루에도 몇십 번을 그만두고 싶었다. 하지만 빚 때문에 섣불리 그만둘 수는 없었다. 그저 이를 악물고 참을 뿐이었다.

그러다 모처럼 쉬는 날을 맞아 친구의 운전 연습을 도와주게 되었다. 조수석에 앉아 장롱면허인 친구의 도로 주행을 봐주고 있었다. 그런데 갑자기 내 옆으로 차가 달려와 '쾅' 하고 내가 탄 조수석을 박았다. 그렇게 친구와 나는 곧장 병원으로 가서 종합검사를 받

게 되었다. 옆 차가 생각보다 와서 크게 부딪혔기 때문에 우리는 정
밀 검사를 받아야 했다. 검사 결과, 나는 의사 선생님에게서 충격
적인 말을 듣게 되었다. 의사 선생님은 모니터 화면을 보여주며 나
의 허리가 선천적으로 기형이라고 했다. 그러면서 그동안 통증이
심했을 텐데 어떻게 생활했냐면서 내 허리의 상태가 현재 심각한
수준임을 알려주었다. 나는 내 허리를 치료할 수 있는 방법이 무엇
이 있냐고 물었다. 그러자 의사 선생님은 지금의 내 허리는 딱히 수
술도 안 되고 그렇다고 효과 있는 치료 방법도 없다고 했다. 그저
꾸준히 진통제와 물리치료를 통해 통증을 완화해 주는 방법밖엔
없다고 했다. 그래서 절대로 허리에 무리가 가는 일은 해서는 안 된
다며 신신당부했다. 잘못하면 하반신마비가 올 수 있다면서 말이
다.

그제야 나는 어릴 적부터 아팠던 허리 통증의 원인을 알게 되었
다. 정말로 우연찮은 교통사고로를 통해서 말이다. 나는 그렇다고
의사의 말만 믿고 당장 하던 일들을 그만둘 수는 없었다. 그래서 나
는 우리나라에서 제일 유명하다는 대학병원들을 돌아다니며 진찰
을 받았다. 뭔가 다른 방법이 있을 수도 있다고 생각했기 때문이
다. 하지만 의사들의 진단 결과는 비슷했다. 결국 나는 노가다를
그만두게 되었다. 그래도 먹고는 살아야 했기에 비교적 허리를 사

용하지 않는 지하철 스크린도어 청소일은 계속했지만 아무래도 수입의 대부분을 차지하던 노가다를 그만두고 나니 내 생활에 지장이 생기기 시작했다.

새로운 일자리를 구해야만 했다. 하지만 탈모로 인해 사무직 면접에서는 번번이 떨어졌고 허리 때문에 힘을 쓰는 일을 구할 수 없었다. 사실 탈모로 사무직을 구하지 못해 시작한 노가다였는데 이제는 그마저도 허리 때문에 하지 못하게 된 것이었다. 그렇게 일자리를 구하는 것이 힘들어졌다. 내 힘으로 할 수 있는 일이 없다고 느껴졌다. 정말 하늘이 무심했고 원망스러웠다. 도대체 어디까지 나락으로 떨어져야 시련이 끝날지 도통 알 수가 없었다. 마치 불운이 내 편인 것 같았다. 그렇게 일자리가 줄어든 나는 또다시 카드로 카드를 돌려막는 삶을 살아야 했다. 기약 없는 '밑 빠진 독에 물 붓기'가 다시 시작된 것이다. 절대로 죽을 때까지 이 지옥 같은 굴레에서 벗어날 수 없을 것만 같았다. 그러나 지금 나는 내게 주어진 병들을 잘 관리하고 있으며, 카드 돌려막기에서 벗어나 꾸준히 빚을 갚고 새 삶을 꾸려가는 중이다.

태어나면서부터 가지고 태어난 병은 내가 어떻게 할 수가 없다. 그래서 어떤 면에선 내가 원하는 대로 삶을 살지 못하는 부분도 있

다. 그렇다고 해서 내가 태어난 것을 원망하거나 증오할 필요는 없
다. 내가 가진 병이 내가 가려는 어떤 길을 막았다는 것은, 내가 가
야 할 다른 길이 더욱 선명해졌다는 말이기도 하기 때문이다. 세상
은 원래 불공평한 것이 맞다. 하지만 우리에겐 그걸 뛰어 넘어 성공
한 삶을 살 수 있는 자유와 기회가 있다.

34. 트라우마

어른이 된 후에도 나를 괴롭히는 트라우마들이 있었다. 그건 바로 아저씨들의 헛기침 소리, 발소리, 문을 여는 소리이다. 어린 시절 가정 폭력을 당하던 시절 아버지가 나를 때리러 올 때면 꼭 헛기침을 하곤 했다. 그래서인지 어른이 되어서도 아저씨들의 헛기침 소리를 들을 때면 나도 모르게 화가 나고 몸이 움찔거리며 반응한다.

그리고 당시 어머니가 나를 때리러 올 때 쿵쾅거리는 발소리와 함께 강하게 문을 열고 들어오곤 했다. 그래서인지 어른이 되어서도 자다가 문 여는 소리나 발소리가 들리면 나도 모르게 잠에서 자동으로 깨어나곤 한다. 그래서 어른이 되고 단 한 순간도 맘 편히 깊게 잠들어 본 적이 없다.

이런 트라우마들은 내가 어른으로 살아가는 삶에 지대한 영향을 끼쳤다. 사람에게 학대당한 개들을 보면 사람이 다가가기만 해도 사시나무 떨듯 떨며 두려움에 사로잡힌 모습을 볼 수 있다. 느낌은 다르지만 나 또한 비슷했다. 내가 부모에게 가정 학대를 당할 때, 나의 부모 나이는 30대였다. 당시 나는 이유 없이 30대인 모든 사람이 무서웠다. 그리고 나의 부모 나이가 40대가 되었을 땐 40대의 모든 사람이 무서워졌다. 마찬가지로 나의 부모 나이가 50대가 되었을 땐 50대의 모든 사람이 무서워졌다. 이걸 어떻게 설명할순 없지만 부모님의 나이가 들수록 이유 없이 무서워지는 연령층도 함께 늘어만 갔다. 그리고 학교폭력의 경험 때문인지 어른이 되어서도 교복을 입은 학생들은 무조건 무서웠다. 이러니 길거리에서 마주치는 대부분의 사람이 무서웠다. 그래서 나의 삶은 일상생활이 불가능할 정도로 힘들었다.

이런 트라우마들을 겪다 보니 내 안에 '나는 무슨 일이 있어도 그러지 않을 거야.'라는 강박과도 같은 것이 생겨나게 되었다. '나는 절대로 아버지처럼 헛기침 하지 않겠다.', '나는 절대로 시끄럽게 발소리를 내며 다니지 않겠다.', '방문을 쾅 하고 닫지 않겠다.'라는 다짐들 말이다. 그래서 실제로 나는 가래가 목에 끼어도 헛기침을 하지 않고 그냥 소리 없이 삼킨다. 그리고 집에서 걸어 다닐 땐 꼭 뒤꿈치를 들고 조용히 걸어 다닌다. 그리고 당연히 문도 살살 닫는다. 또한 내가 이런 소리에 트라우마가 있듯, 나와 같은 사람들이 많을 것으로 생각했다. 그래서 나만큼은 조심해야 한다는 강박도 있었다. 이런 강박으로 생긴 행동들은 결국 하나의 습관이 되었다.

사실 나는 트라우마들 중 정면 돌파를 통해 고친 것들도 많지만, 이처럼 나의 삶에 그대로 적용해 함께 살아가는 트라우마들도 많이 있다. 사실 트라우마라는 단어만 빼고 세상을 바라보면 어느 특정한 사람들에게 일어나는 일은 아님을 알 수 있다. 층간소음에 아무렇지 않은 사람도 있지만 유독 민감하게 반응하는 사람도 있고 병처럼 깨끗하게 청소해야 하는 사람이 있으면 더럽게 지내는 것이 편한 사람이 있다. 내가 하고 싶은 말은 굳이 트라우마가 아니더라도 나와 같은 삶을 사는 사람들이 많다는 것이다. 그러니 무조건 정면 돌파만을 고집할 필요는 없다. 가끔은 나의 시선만 바꿔주어도 충분하다.

나는 언제나 나의 부모가 변하길 바라고, 세상이 바뀌길 바랐다. 하지만 절대로 바뀌지 않았다. 오히려 시간만 흘렀고 나의 상처만 더 커질 뿐이었다. 진짜 부모가 변하고 세상이 바뀌길 원한다면, 세상을 바라보는 나의 시선이 바뀌면 된다. 내가 바라보는 시선이 바뀌면 나의 삶은 달라진다.

35. 내 이름은 요셉이다

나는 어릴 적부터 내 이름으로 불리기보단 '아무개 목사의 아들'이라고 많이 불렸다. 나는 이렇게 불리는 것이 무척이나 싫었다. '아무개 목사의 아들'이란 단어 안에는 무수히 많은 말들이 담겨 있었기 때문이다. 누구보다도 모범이 되어야 하는 책임감이 포함되어 있었고 공부를 잘해야 한다는 부담감이 있었고 친구들과는 절대로 싸우지 않고 착해야 한다는 의미들이 함축되어 있었다.

나는 그저 친구들처럼 고유한 나의 이름으로 불리고 싶었을 뿐이고 평범하게 살고 싶었을 뿐이다. 내가 공부를 잘하든 못하든 누군가에게 간섭받고 싶지 않았다. 착하고 싶지도 않았고 성실해지고 싶지도 않았다. 하지만 가는 곳마다 내게 쏟아지는 고정관념과 기대심리는 똑같았고 여전했다. 나는 이사를 하는 곳마다 그들이 원하는 모습으로 살도록 강요를 받아야 했다. 그게 싫었던 나는 늘 일부러 청개구리처럼 행동했다. 당연히 그로 인해 매번 사람들의 입방아에 오르내리긴 했다. "저 목사 아들은 공부도 못하고 애가 왜 저런대?"라는 소리를 자주 들어야만 했다.

선생님의 아들이라고 모범적이어야 하고 공부를 잘해야 하는 것은 아니다. 군인의 자식이라고 해서 고지식하고 융통성이 없는 것도 아니다. 범죄자의 자식이라고 해서 손버릇이 나쁘고 올바르지 않은 것도 아니다. 가난한 집의 자식이라고 해서 돈 욕심이 많고 식탐이 많은 것도 아니다. 그렇다고 부잣집 자식이라고 해서 싹수없이 예의 없이 행동하는 것도 아니다. 그래야 하는 것도 아니다. 절대로 부모의 직업이 나라는 사람을 판단하는 기준점이 되어서는 안 된다. 물론 간혹 우리가 생각하는 그대로 그런 사람이 있을 수는 있다. 그러나 그건 어디까지나 모든 사람 중 일부일 뿐이다. 특정 카테고리의 사람들 안에서 일어난 일이 아닌, 모든 사람 안에서 일어난 일일 뿐이라는 것이다.

사람을 사귀고 친구를 사귈 때 우리가 알아야 할 것은 그 사람의 이름 하나면 충분하다. 임대아파트에 살면 친구가 되지 못하는 것인가? 아버지의 직업이 청소부면 친구가 되지 못하는 것인가? 절대 아니다. 친구를 사귈 때 고려해야 하는 것은 부모님의 직업이나 사는 아파트가 아니다. 우리가 고려해야 할 것은 그 사람 그 자체이다. 그리고 사람은 누구나 자기 자신의 이름으로 불릴 때가 가장 좋은 법이다. 오늘부터라도 누군가의 누구가 아닌 그 사람의 이름을 불러주길 바란다.

PART 3

용서와 사랑

받으니 줄 수 있었다

36. 왕따였던 어른들

나는 10년이란 시간을 오직 누군가를 증오하는 마음으로 살았다. 복수심을 원동력 삼아 살아가는 지옥 같은 삶 말이다. 이런 복수심 가득한 마음의 짐들을 언제고 벗어던져 버리고 싶었다. 그래서 복수하고 싶었다. 하지만 복수도 돈이 있고 시간이 있어야 가능했다. 과도한 빚을 졌기에 그걸 갚느라 시간도 없었고 돈도 없었다. 복수는 둘째 치고 그저 먹고사는 것에 빠듯했다.

그리고 난 늘 피해자라는 가면을 쓴 채 사람들에게 상처를 주면서 살았다. 그리고 그렇게 생긴 수치심과 죄책감은 나를 견딜 수 없게 만들었다. 결국 내 속엔 복수심과 희망은 사라지고 수치심과 죄책감만이 가득 채워졌다. 그렇게 나는 내 힘으로는 감당할 수 없는 상황까지 내몰리고 말았다. 나에겐 그저 죽음이란 선택지밖에 남아 있지 않게 된 것이다. 그래서 나는 이번만큼은 완벽하게 죽겠다는 결단과 함께 죽을 방법들과 계획들을 세우기 시작했다. 이전에 이미 두 차례나 죽으려고 시도했다가 실패했었던 경험이 있었기 때문이다. 그래서 더욱 완벽하게 준비해야만 했다.

그렇게 인터넷으로 고통 없이 죽는 방법을 검색하다가 우연히 어느 방송사의 리서치를 보게 되었다. 그것은 학교 폭력과 관련되어 〈씨리얼〉이라는 유튜브 채널에서 올린 설문 조사지였다. 설문의 내용인즉슨 학교폭력에 대한 프로그램을 만드는데 실제 피해 경험이 있는 사람들의 이야기가 필요하다는 것이었다. 나는 이상하게도 그냥 지나쳐지지가 않았다. 그래서 나는 이곳에 유서를 남긴다고 생각하고 1시간 동안 나의 경험들을 적어내려가기 시작했다. 어차피 죽을 계획이었기에 숨기거나 포장할 필요는 전혀 없었다.

그렇게 설문지를 보내고 나는 다시 죽을 계획에 착수했다. 준비물을 사기 위해 돌아다니고 있는데 갑자기 모르는 번호로 전화 한 통이 걸려 왔다. 전화를 걸어온 사람은 다름 아닌 내가 설문지를 보낸 유튜브 채널 〈씨리얼〉의 피디였다. 피디님은 내가 자신의 프로그램에 출연해 주길 간절히 원했다. 하지만 나는 거절했다. 어차피 죽을 거 조용히 죽는 것이 좋겠다 싶었기 때문이다. 그러나 피디님은 포기하지 않고 계속해서 전화를 걸어 나를 설득했다. 정확히 일곱 번의 전화가 왔다. 그리고 나는 결국 피디님의 끈질긴 전화에 못 이겨 일곱 번째 전화에 출연을 승낙하게 되었다.

그렇게 다음 해 1월로 녹화 일정이 잡혔고 나의 목숨은 자동으로 연장이 되었다. 그렇게 시간은 흘러 1월이 되었고 어느 한 중학교 건물에서 촬영하게 되었다. 막상 촬영 당일이 되니 괜히 승낙한 건가 싶은 마음에 후회만 잔뜩 밀려왔고 촬영장소가 중학교 건물이어서 더 후회됐다. 그럼에도 무사히 촬영을 끝마칠 수 있었다. 막상 촬영을 하고 나니 방송이 어떻게 나올지 궁금해져서, 나는 방송이 방영되는 딱 4월까지만 죽지 않고 기다리기로 결심했다. 그렇게 방송 날을 맞았다. 나는 우연히 방송에 대한 댓글들을 보게 되었는데 위로받았다며 힘내라는 응원의 내용이 많았다. 웃기게도 나는 응원의 댓글을 본 후로 계속해서 살고 싶어졌다. 그리고 어떻게든 살아남아서 행복해지고 싶어졌다.

많은 사람이 상처와 아픔이란 벽에 가로막힌 채 살아간다. 그 벽만 넘어서면 보지 못했던 너무나도 좋은 사람들과 맛있는 음식들과 아름다운 볼거리를 볼 수 있는데 말이다. 말이 쉽지! 그 벽을 넘어선다는 것은 참 어려운 일이다. 하지만 정말 가끔은 생각지도 못한 기적 같은 일들이 그 벽을 넘어서게 만들고 나를 살릴 때가 있다.

37. 사랑을 받았다

싱가포르로 일을 하러 가기 전, 장사가 잘되는 음식점에 취직해 잠깐 설거지하는 일을 한 적이 있다. 주로 뚝배기를 닦곤 했는데 장사가 어찌나 잘되는지 쉴 틈이 없었다. 그렇게 쉬지 않고 설거지하다 보면 어느새 허리와 손가락 뼈마디는 저려왔고 한겨울이면 손이 시려 견딜 수 없었다.

그런 바쁜 주방에는 나와 함께 같은 공간에서 일하는 이모가 한분 계셨다. 이모는 각종 반찬을 요리하시는 분이었는데 나는 그 이모를 통영 이모라고 불렀다. 맨 처음 주방에서 일을 하기 시작한 날, 이모는 첫 만남임에도 나를 친근하게 맞아 주었고, 첫 만남에 한국 사람은 '밥심'이라며 밥상도 차려주셨다. 그러고는 내가 밥을 다 먹을 때까지 쌓여 있는 설거지를 대신 해주셨다. 설거지를 하는 와중에도 자칫 내가 빨리 먹을까 "천천히 먹어. 그러다 체한다!"
라며 세심히 챙겨주시곤 했다. 처음엔 얼마나 일을 빡세게 시키려
고 밥부터 먼저 먹이나 싶었다. 호의들이 의심되고 어색하고 낯설
기만 했다. 그러나 이모의 호의는 일회성이 아니었다. 나는 서서히
이모에게 마음의 문을 열게 되었다. 그렇게 쉬는 시간이면 이모와
이런저런 살아온 이야기들로 웃음꽃을 피우곤 했다.

　당시 이모는 결혼은 했지만, 개인적인 사정으로 인해 자식이 없
었다. 그래서인지 이모는 자신을 엄마라고 생각하고 의지하라고
했다. 어머니에게 상처가 있었던 나는 이모를 친엄마처럼 생각하
고 따르기 시작했다. 나는 이모에게 아들이 되어주었고, 이모는 나
에게 엄마가 되어주었다. 그렇게 이모와 나는 서로의 아픔을 채워
주는 서로의 위로가 되어주었다. 이모는 정말 진짜 엄마 같았다.
나를 세심히 챙겨주었고 시간이 날 때면 좋은 남자가 되어야 결혼
도 한다며 내가 배우지 못한 많은 것들을 알려주셨다. 한식을 만드
는 방법도 가르쳐 주시고 여자에게 사랑받는 방법도 가르쳐 주셨
다. 그래서인지 이모와 함께 보내는 시간은 나에겐 너무 특별했고
포근하고 따뜻했다.

　나는 누가 뭐래도 이모가 나를 위해 차려주는 따뜻한 밥을 먹을

때가 가장 행복했다. 이모의 손맛이 좋기도 했지만 챙김을 받는 그 시간이 너무나도 행복했다. 밥을 먹는 동안 "천천히 꼭꼭 씹어 먹어. 체한다!"며 걱정해 주던 이모의 말들은 황홀한 행복감과 안식을 주었다. '부모에게 사랑을 받는다는 것이 이런 걸까?'란 생각이 들 만큼 행복했다. 그러나 시간이 흘러 이모는 건강이 나빠져 고향인 통영으로 내려가게 되었다. 그리고 나도 싱가포르에 일자리를 구해 나가게 되면서 이모와 헤어지게 되었다. 그렇게 자연스럽게 이모와 연락이 끊어졌다.

  그러던 어느 날 지인을 통해 통영 이모가 암에 걸려 죽음을 앞두고 있다는 한 통의 전화를 받게 되었다. 그리고 이모가 나를 보고 싶어 한다는 말도 전해 듣게 되었다. 그렇게 나는 서둘러 한국으로 가기 위해 퇴사서를 제출했다. 하지만 회사는 한 달 치 월급에 달하는 패널티와 사람을 구할 한 달의 시간을 요구해 왔다. 당연히 한 달 치의 월급은 포기할 수 있었지만 한 달의 시간을 기다릴 여유는 없었다. 싱가포르는 회사에서 발행한 서류가 있어야만 출국이 가능했다. 긴 설득 끝에 일주일로 협상을 했고 일주일 후 서둘러 한국으로 돌아왔다. 하지만 이미 통영 이모는 하늘나라로 가고 없었다. 그렇게 나는 소중했던 한 사람을 잃었다는 상실감과 좌절감에 빠지고 말았다.

부모에게 사랑을 받지 못했다고 사랑을 받지 못하는 것은 아니다. 사랑은 누구에게 배우느냐도 중요하지만 온전히 받아본 경험이 있느냐가 더 중요하다. 사랑을 듬뿍 받아야 할 시기는 분명히 있다. 하지만 이 시기에 사랑을 받지 못했다고 실망할 필요는 없다. 왜냐하면 사랑을 배울 기회는 언제나 열려 있기 때문이다. 나처럼 어른이 되어서도 사랑을 배울 수 있다. 사랑은 어디에나 있다.

38. 용서를 받았다

나는 매일을 피해자라는 망상에 사로잡혀 살았다. 그래서 늘 착해야 한다는 강박이 있었다. 평생을 순결한 피해자여야만 복수를 위한 명분이 있다고 생각했기 때문이다. 하지만 모든 것을 잃고 절벽 끝에 서보니 나 또한 많은 사람에게 상처를 준 가해자였다. 그리고 다시 살고 싶어진 나는 가장 먼저 해야겠다고 생각한 일이 생겼다. 그건 바로 내가 상처를 주었던 사람들에게 용서를 구하는 일이었다. 내 인생을 되돌아보니 정말로 많은 사람에게 상처를 주면서 살아왔음을 알 수 있었다. 나도 인간인지라 내가 상처받은 일들은 기억하고, 내가 상처 준 일들은 대수롭지 않게 넘기며 살아왔던 것이다. '나는 피해자야.'라는 명분으로 나의 잘못들은 합리화하고 내가 상처받기 싫어서 내가 먼저 다른 사람들에게 상처를 주었던 것이다. 이런 사실들을 깨닫고 나니 나는 사람들에게 용서받지 않고 서는 절대로 좋은 사람이 될 수 없을 것 같았다.

그렇게 내가 제일 먼저 연락하고 찾아간 사람은 싱가포르에서 함께했던 사람들이었다. 앞에서 말했던 것처럼, 나는 20대 초반 싱가포르에서 일을 했었다. 그때 외로움을 달래기 위해 현지에 있는 한인들과 어울려 친하게 지냈다. 우리는 주말마다 만나 가족같이 서로의 외로움을 달래고 의지했다. 그러던 어느 날 나는 엄마처럼 따랐던 통영 이모가 암에 걸렸다는 소식을 듣고 급하게 한국으로 돌아갈 준비를 했는데, 당시 시간이 급박하다 보니 친했던 사람들에게는 알릴 생각을 미처 하지 못했다. 그렇게 한국으로 돌아가기 하루 전날이 되어서야 귀국 소식을 전하게 되었다. 갑작스러운 나의 귀국 소식을 접한 사람들은 모두 나에게 섭섭함과 배신감을 느꼈고 나 또한 배신감을 느끼는 사람들에게 섭섭함을 느꼈다. 엄마 같은 이모가 아프셔서 가는 건데 그걸 이해해 주지 못하고 배신자라고만 한다고 생각했기 때문이다. 그래서 나는 내게 배신자라고 말하는 형 한 명과 말다툼을 하게 되었다. 평소라면 그냥 웃어넘겼겠으나 예민했던 나는 날카로운 말들로 상처를 주었고 오해를 풀지 못한 상태로 한국으로 돌아오고 말았다. 그리고 그렇게 친했던 사람들과의 관계는 왕창 깨져버렸다. 싱가포르에 상처만 남긴 채 한국으로 돌아오게 된 것이다.

이런 사건이 있었던 나는 용기를 내어 내가 상처 주었던 형과 사람들에게 연락을 시도했다. 소심해서 전화는 하지 못하고 진심으로 용서를 구한다는 장문의 메시지를 보냈다. 그러자 잠시 후 사람들에게서 "조만간 만나자!"란 답장이 왔다. 저 여섯 글자가 뭐라고 날아갈 듯이 기뻤다. 그리고 떨림으로 기다리던 약속의 날이 다가왔다. 나는 걱정 반, 반가움 반의 두근거리는 마음으로 약속 장소로 향했다. 이미 도착해 있던 사람들은 날 보자마자 웃는 얼굴로 달려와 나를 꼭 끌어안아 주었다. 내가 예상했던 것과는 반대로 달려와 반갑게 맞아주니 눈물이 날 것만 같았다. 나는 그저 고개를 푹 숙인 채 "그땐 정말 죄송했습니다. 용서해 주세요!"란 말만 되풀이했다. 그러자 꼭 다시 안아주면서 "우리가 언제 싸웠었나? 그런 일이 있었어?"라며 시치미를 떼 주었다.

그 이후에 찾아간 다른 사람들 모두 마치 짜기라도 한 것처럼 동일하게 나를 맞아주었다. 반갑게 안아주면서 "그동안 마음고생 하느라 힘들었겠다. 연락해 줘서 고맙다!", "나도 그때 매몰차게 대한 것 같아서 미안해. 그리고 이렇게 용기 내어 연락해 주어서 고맙다!"라며 모두 내가 생각했던 반응과는 정반대로 나를 아무렇지 않게 용서해 주었다. 나는 그저 너무 감사했고 죄송할 뿐이었다. 스스로 생각했을 때, 나란 사람은 용서받을 자격이 없었기에 사람들에게 받은 용서는 마치 크리스마스 선물 같았다. 그래서 앞으로 더 이 사람들에게 잘해야겠다는 다짐을 하게 되었다. 이후로도 우리는 계속해서 연락을 주고받는다. 그것도 싱가포르에 있을 때보다 더 가깝게 말이다.

내가 사람들에게 받은 용서는 '잊어줌'이었다. 그래서 나는 용서를 '잊어줌'이라고 정의 내린다. 사람들은 용서를 구하는 내가 오히려 부끄러워질 정도로 아무렇지도 않게 용서를 받아주었다. 용서를 거저 받아 본 사람은 다른 사람이 용서를 구했을 때 내가 받은 기억 그대로 동일하게 용서해 줄 수 있다. 사랑과 용서의 기본 원리는 똑같다. '받아본 사람이 줄 줄 아는 것'이다. 맞다. 받아본 사람이 줄 줄 안다.

나이가 들어가며 후회가 되면서, 문득 누군가가 그리워질 때가 있다. 막상 연락을 해보기엔 용기가 없고, 연락하지 않기엔 너무 보고 싶어 외로울 때 말이다. 그럴 땐 아무것도 생각하지 말고 진심을 담아 용서를 구해보길 바란다. 물론 상대방이 거절할 수도 있다. 그렇다고 포기하지는 말길 바란다. 가끔은 진심이 도달하는 데 오랜 시간이 걸리는 사람도 있는 법이니까. 우리가 편지를 보낼 때 가까운 곳은 하루 만에 일찍 도착하지만 미국같이 먼 나라는 한 달씩 걸리듯 말이다. 걱정하지도 말고 겁먹지도 마라. 결국 진심은 닿는 법이다.

39. 그리고 용서했다

　〈왕따였던 어른들〉이란 방송을 기획한 담당 피디님의 소개로 한동안 발길을 끊었던 교회를 다시 나가기 시작했다. 사실 나는 그동안 종교에 지쳐 있었고 사람에 지쳐 있었다. 위로를 받으러 갔다가 늘 상처만 받고 돌아왔기 때문에 발길을 끊었었다. 그래서 나에게 다시 교회를 나간다는 것은 쉽지 않은 일이었다.

　역시나 오랜만에 나가본 교회는 서먹서먹하고 어색하기만 했다. 그냥 뛰쳐나갈까도 생각했지만 소개해 준 피디님의 얼굴도 있고 해서 딱 한 달만 나가보기로 결심했다. 그리고 그렇게 시간은 흘러 마지막 주 일요일이 되었다. 마지막이라고 생각하니 마음이 홀가분했다. 그런데 그날따라 이상하게도 용서에 대한 이야기들이 자주 오고 갔다. 얼마 전 싱가포르에서 친하게 지냈던 사람들에게 용서를 받아서 그런지는 몰라도 계속 신경이 쓰였다. 그리고 저녁때쯤이 되어선 문득 갑자기 아버지를 찾아가고 싶어졌다. 그래서 나는 무작정 아버지를 만나기 위해 아버지의 집으로 출발했다.

나는 한동안 가족들과 거의 연락을 하지 않았다. 우리 집안은 명절에도 모이지 않았기에 볼 일도 없었다. 그래서 갑작스럽게 아버지를 찾아가는 일은 쉽지 않았다. 계속해서 망설여졌고 걱정이 앞섰다. 아버지에게로 향하는 버스 안에서도 몇 번이고 돌아갈까 고민할 정도였다. 내가 괜한 오지랖과 객기를 부리는 것은 아닌가 싶기도 했지만 그럴 때마다 나는 나를 용서해준 사람들을 생각했다. 이런 자격 없는 나도 거저 용서받았는데 내가 남을 용서하지 못할 이유는 없다고 생각했기 때문이다. 그리고 나이를 먹어서 그런지 문득문득 아버지와의 좋았던 추억이 떠올라서 발길을 돌리지 못한 것도 있다. 사실 초등학교 시절 아버지의 외도 사건이 있기 전까진 나와 아버지의 사이는 그럭저럭 좋았다. 남들처럼 함께 목욕탕도 가고 놀이공원도 갈 만큼 말이다. 자꾸만 이런 기억들이 나의 마음을 말랑하게 만들었다.

그렇게 나는 한밤중이 되어서야 아버지의 집에 도착할 수 있었다. 그리고 나는 용기를 내어 문을 두드렸다. 어찌나 심장이 미친 듯이 뛰는지 심장이 터지는 줄 알았다. 다행인지 불행인지 아버지는 없었다. 그래서 나는 문을 열고 들어가 아버지를 기다리기 시작했다. 옛날에 도어락 비번을 바꾸어 드린 적이 있었는데, 혹시나 하는 마음에 눌러봤고 바뀌지 않은 비밀번호 덕분에 들어갈 수 있었다. 아직도 그때 그 번호를 그대로 사용하고 있었던 것이다. 먼 거리를 긴장하면서 와서 그런지 나는 깜빡 잠에 들고 말았다. 새벽 2시쯤 되었을까 아버지가 나를 부르는 목소리가 들려왔다. "너 뭐냐?!"라는 아버지의 물음에 나는 눈을 떴다. 그리고 나는 서론도 없이 다짜고짜 "아버지를 용서하러 왔습니다."라고 말해버렸다. 맨정신이라면 절대로 할 수 없었을 말이지만 나도 모르게 잠결에 내뱉어 버린 것이다. 나는 순간 '아뿔싸!' 하는 생각이 잠깐 스쳐 지나갔지만 웬일인지 그날따라 아버지는 화도 내지 않고 "그래, 자라."라는 말만 남기고 뒤돌아서서 자신의 방으로 들어갔다. 그 순간 본 아버지의 축 처진 뒷모습이 어찌나 힘이 없고 약하게만 보이는지 마음이 이상했다. 그렇게 나는 다음 날 일을 하러 가야 했기에 다시 잠을 청했다.

그렇게 몇 시간 후 나는 맞춰 놓았던 알람소리에 잠에서 깼다. 그리고 다음번에 다시 찾아올 생각을 하고 집을 나서기 위해 방문을 열었다. 그런데 방문에 무언가가 턱하고 걸리는 것이었다. 확인해 보니 문 앞에는 샌드위치와 오렌지 주스가 가지런히 놓여 있었다. 아버지가 놓아둔 것이었다. 나는 아버지에게 인사를 하려고 했지만, 아버지도 이미 일을 하러 나가고 없었다. 나는 그렇게 빵과 음료를 챙겨 서둘러 서울로 올라오는 버스에 올라탔다. 그리고 버스 안에서 어찌나 눈물이 쏟아지는지 목이 메어 샌드위치를 넘길 수 없었다. 한참을 펑펑 울기만 했다.

나는 평생 아버지가 나를 사랑하지 않는다고만 생각했다. 하지만 방문 앞에 놓여 있던 샌드위치와 주스로 아버지가 나를 사랑하고 있다는 것을 느낄 수 있었다. 그것들은 무뚝뚝하기만 해 보였던 아버지가 내게 건넨 사과의 손길 같았다. 어찌 되었든 엉켰던 내 마음은 한순간에 무장해제 되었다. 사실 아버지를 용서하러 간 나의 행동은 그저 내 마음 편하게 하지고 한 선택이었다. 하지만 아버지의 용기 있는 행동 덕분에 아버지를 완전히 용서할 수 있었다. 아버지를 미워하지 않아도 된다는 사실 하나만으로도 기뻤다.

이후로 나는 아버지와 가끔 연락도 하고 한 번씩 식사도 한다. 놀랍게도 아버지는 매일 달라지려고 노력하고 있다. 그런 노력하는 모습이 내 눈에 보인다. 나는 그저 사람들에게 용서받은 그대로 흉내만 냈을 뿐인데도 아버지를 용서할 수 있었다. 용서라는 말이 사람들에게 거부감을 주는 이질적인 말로 인식이 되고 있다는 것을 안다. 마치 용서하면 나를 괴롭힌 가해자에게 면죄부를 던져주는 것만 같고, 다른 사람만 좋은 일 시켜주는 것 같은 느낌말이다. 나 또한 그렇게 생각했었다. 그런데 용서는 남이 아닌 오직 나를 위해, 과거의 기억을 잊어주는 것이다.

40. 식물은 양지바른 곳에서 잘 자란다

나는 그동안 내가 상처 주었던 사람들과 화해를 하면서 다시 관
계가 좋아졌다. 그리고 아버지와도 가끔 연락을 하면서 지내게 되
었다. 하지만 내가 처해 있는 현실만은 달라진 것이 하나도 없었
다. 여전히 사방이 가로막힌 공간에 갇힌 느낌이었다. 나는 넘쳐
나는 빚과 카드 돌려막기로 허덕이다가 그것마저도 이젠 불가능해
연체해야만 했고, 그로 인해 다시 신용불량자가 되기 일보 직전의
상황이었다. 엎친 데 덮친 격 급하게 이사도 해야 하는 상황이 벌어
졌다. 하지만 빚 일부를 메꾸느라 집 보증금을 미리 받아 써버려 집
을 구할 보증금도 없었다. 직장도 없었기에 돈이 나올 구멍이라곤
단 한 곳도 없었다.

그럼에도 급하게 이사는 해야만 했기에 나는 얼마 전 화해한 아

버지에게 처음이자 마지막으로 돈 부탁을 했다. 그리고 감사하게
도 아버지는 흔쾌히 보증금 오백만 원을 마련해 주셨다. 그렇게 나
는 오백만 원으로 집을 구하기 시작했다. 하지만 서울 안에서 오백
만 원으로 내 마음에 드는 집을 찾기란 힘든 일이었다. 그렇다고 또
다시 고시원으로 들어가고 싶지는 않았다. 그래서 나는 무작정 지
도를 펼친 뒤 둘러보기 시작했다. 그런데 갑자기 어느 한 지역이 돋
보기로 확대한 것처럼 내 눈에 들어왔다. 그곳은 광명이란 곳이었
다. 지역 이름의 뜻도 '햇빛이 잘 드는 동네'란 지명을 가지고 있어
무척이나 마음에 들었다. 그렇게 나는 연고도 없는 광명으로 이사
를 하기로 마음을 먹었다.

　다음 날 나는 무작정 광명으로 달려갔다. 그리고 부동산들을 돌
아다니며 내가 가진 오백만 원으로 들어갈 수 있는 집들을 찾아다
니기 시작했다. 하지만 부동산에서 보여주는 대부분의 집은 습한
반지하 매물뿐이었다. 뭐든 가릴 처지가 아니었음에도 선뜻 반지
하를 선택하기는 망설여졌다. 학창 시절 살았던 반지하가 눅눅하
고 습했기에, 그에 대한 안 좋은 기억이 있기 때문이다. '햇빛이 잘
드는 동네'라는 지명이 있는 동네인 만큼 햇빛이 잘 드는 집에서 살
고 싶었다. 그렇게 나는 해가 질 때까지 집들을 보러 다녔지만, 마
음에 드는 집은 결국 찾을 수 없었다. 그렇게 아쉬운 마음을 뒤로하

고 부동산을 나왔다.

아닌가 보다 하고 실망하고 뒤돌아서는 그 순간 내 눈에 지은 지 얼마 되지 않아 보이는 큰 건물이 들어왔다. 나는 홀린 듯 그 건물 1층에 있는 부동산으로 달려갔고 마침 남아 있던 원룸 하나를 보게 되었다. 나는 그 방을 보는 순간 계약을 하기로 결정을 내렸다. 신기하게도 '여기다!'라는 확신이 들었다. 내가 본 방은 16층으로 고층이었고 그래서 햇빛이 너무 잘 들어왔다. 그리고 신축인지라 모든 것이 너무나 쾌적하고 깨끗했다. 그러나 좋은 만큼 보증금은 비쌌다. 그래서 나는 부동산 중개인에게 사정을 이야기하며 집주인에게 보증금을 조금 낮추는 대신 월세를 몇만 원 더 내면 안 되겠냐고 제안했다. 그리고 운이 좋게도 내가 제안한 조건으로 계약서를 작성할 수 있었다.

식물이 양지바른 곳에서 잘 자라듯이 나도 햇빛이 잘 드는 이 동네에서 무럭무럭 잘 자랄 수 있지 않겠느냔 기대감이 들었다. 그렇게 계약서를 작성하고 나니 앞으로 진짜 잘 자랄 수 있을 것만 같았다. 연고가 없는 곳임에도 낯설지 않았고 모든 것이 마음에 들었다. 그동안 음지에 갇혀 자라지 못했던 만큼 앞으로 더 열심히 살아야겠다는 다짐도 하게 되었다. 그렇게 나의 광명에서의 새로운 삶이 시작되었다.

　나의 망상과 같은 의미 부여는 실제로 현실이 되었다. 식물이 햇빛을 받아 쑥쑥 자라듯이, 실제로 이사를 온 다음부터 나는 무럭무럭 자라나기 시작했다. 막다른 길에서 말도 안 되는 상상으로 시작된 집 찾기는 내 인생의 전환점이 되어주었다. 가끔은 의미를 담고 뜻을 담아 식물을 키우듯 나 자신을 키워보는 것도 하나의 좋은 방법이 될 수 있다.

41. 화내는 법을 배웠다

    나는 어떤 상황에서도 잘 참는다. 아니 화를 내고 싶어도 화를 낼 줄 모른다. 좋게 말하면 착한 것이고 나쁘게 말하면 우유부단하고 줏대가 없다. 아무래도 어릴 적부터 화가 날 때면 참기만 하다 보니 그것이 습관이 되어버린 것 같다. 나는 어릴 적부터 기분이 나빠도 나쁘다고 말하지 못하고 언제나 바보처럼 웃어넘기기만 했다. 그 후에는 무시를 당한 것만 같아 하루 종일 힘들어하곤 했다. 그들이 내게 한 비아냥거리는 말들이 잊히지 않았고 귓가를 맴돌았기 때문이다.

    생각해 보면 어릴 적부터 친구와 싸우거나 다툴 때면 나의 부모님은 언제나 나에게만 사과를 강요했다. 누가 잘못했는지에 대한 책임소재는 전혀 묻지 않은 채 말이다. 그래서 나는 언제나 억울하고 답답했지만 그래야만 되는 줄 알았다. 그렇게 가스라이팅 당한 나는 언제나 내가 피해를 당하고도 사과를 하는 이상한 습관이 생겨버렸다. 그리고 나의 의도와는 상관없이 참기만 하다 보니 더 이상 화가 쌓일 곳이 없을 땐 그 화가 주변 사람에게 불똥 튀듯 터지곤 했다.

광명으로 이사를 하게 된 나는 당장 일을 구해야만 했다. 하지만 나의 현재 상황과 환경에서 일자리를 구하기란 어려운 일이었다. 그렇다고 뭔가 재고 따질 처지는 아니었기에 나는 급여와 상관없이 내가 할 수 있는 일이라면 모두 지원했다. 그러던 중 어느 수학학원에서 연락이 왔고 면접을 보게 되었다. 내가 지원한 일은 학원 차량을 운전하는 일이었다. 보통 은퇴를 하고 나이가 지긋하신 분들이 소일거리로 하시는 일이었기에 원장님은 면접 내내 나라는 사람을 궁금해하셨다. 그렇게 원장님과 면접을 보는 동안 나는 뭔가에 홀린 듯 내가 살아온 과거를 원장님에게 털어놓게 되었고 원장님은 그런 나의 솔직함과 절박함이 마음에 드셨다면서 함께 일하자고 했다. 그렇게 나는 그날부터 차량 운전 일을 시작하게 되었다.

학원 특성상 중간에 차량 운행이 없는 시간이 많았다. 원장님은 그때마다 나를 부르셨다. 그리곤 나에게 어른다운 언행에 대해 가르쳐 주셨고 인간관계에 대한 기본적인 것들 또한 가르쳐 주셨다. 누군가가 미친 듯이 쳐다볼 땐 회피하는 방법을, 누군가 시비를 걸어 올 땐 지혜롭게 그 상황을 넘기는 방법을, 누군가가 나에게 무리한 부탁을 해올 땐 거절하는 방법들을 가르쳐 주셨다. 말로 들었을 땐 무지 쉬워 보였다. 하지만 막상 실전에서 사용하려고 하니 생각대로 잘되진 않았다. 처음에는 연습을 아무리 해도 예전 습관들만 나왔다. 매번 나는 아무 말도 하지 못하고 '네네.' 하면서 참고 웃고 넘기고 있었던 것이다. 그럼에도 나는 포기하지 않고 계속해서 노력했다. 하지만 아무리 노력해도 누군가 시비를 걸어오는 일에 대해서만큼은 배운 대로 고쳐지지가 않았다.

어딜 가나 주차 자리 문제가 심각하듯 내가 일하던 곳도 상가 사람들 간의 주차 자리 싸움이 치열했다. 상가 주인들끼리 공평하게 한 대씩 주차하기로 약속이 되어 있음에도 늘 싸웠다. 내가 일하기 이전에 일하던 여섯 분의 운전기사님들도 모두 주차 문제로 싸우고 그만두셨을 만큼 심각한 일이었다. 한편으론 먹고사는 문제가 달린 일이기에 이해가 되면서도 씁쓸했다. 그러나 나도 먹고사는 문제가 걸린 일인 만큼 쉽게 물러설 수는 없는 일이었다. 나 또한 주차 문제에서 자유로울 수는 없었다. 오히려 어리고 우유부단한 나는 상가 사람들의 좋은 먹잇감이었다. 갑자기 젊은 청년이 운전 기사로 들어오니 만만해 보였을 수도 있었겠다 싶다. 매일 주변 상가 사장님들은 주차 문제로 시비를 걸어왔고 쉴 틈 없이 전화를 걸어왔다. 이유는 학원 차량이 자신들의 가게 간판을 살짝 가린다는 것이거나 그게 아니면 학원 전용 주차장이냐며 따지는 전화였다. 매일 이런 전화들이 걸려오니 그만두고 싶은 충동이 불 일 듯 일어났다.

나는 원장님이 가르쳐 주신 대로 회피했다. 하지만 언젠가부터 상가 사람들은 유치하게 행동하기 시작했다. 아이들을 태우러 가기 위해 후진을 할 때면, 일부러 그 타이밍에 맞춰 학원 차량 뒤로 지나가거나 아니면 불법주차를 했다며 경찰에 신고하는 등 그곳에 주차하지 못하도록 온갖 방법들로 방해하기 시작했다. 하루에도 아이들의 등·하원을 위해 몇십 번을 왔다 갔다 해야 하는데 매번 말도 안 되는 이런 일들로 시비를 걸어왔다. 화는 미친 듯이 났지만 그래도 참을 수밖에 없었다. 그러던 어느 날 학원 차량을 주차하는 곳에 옆 가게 사장이 자신의 차를 주차해 놓았다. 나는 차를 옮겨 달라고 몇 번이나 전화했지만 받지를 않았다. 그러다 우연히 창문 너머로 내 전화를 일부러 받지 않고 나를 쳐다보고 있는 옆 가게 사장을 목격하게 되었고 그 모습을 본 순간 나는 폭발하고 말았다. 그렇게 나는 곧장 옆 가게로 달려가 말다툼하였고 급기야 처음으로 멱살까지 잡게 되었다. 그렇게 서로 맞잡은 상태로 바닥을 몇 바퀴 뒹굴게 되었고 그 가게 사장 와이프의 신고로 경찰이 오게 되었다.

나를 신고한 옆 가게 사장 와이프 덕분에 나는 난생처음으로 경찰서에 출석해 조서를 써보게 되었다. 멱살을 잡는 행위도 어쨌든, 폭력이었기에 처벌은 받아야 한다고 했다. 다행히 경범죄이기에 벌금형이 나오긴 하겠지만, 벌금이 최대 백만 원이 넘게 나올 수도 있다고 했다. 하지만 당장 월세를 낼 돈도 없었던 나는 벌금이 얼마가 나오든 감당할 여력이 되지 않았다. 그러나 만약 합의를 보게 되면 벌금을 내지 않아도 된다고 했다. 그렇다고 나만 잘못한 일도 아닌데 고개를 숙여가며 합의를 보고 싶지는 않았다. 멱살을 잡은 건 잘못된 행동이었지만 그만큼 나도 오랫동안 지독하게 괴롭힘을 당했기에 그러고 싶지는 않았다. 난생처음으로 경찰서를 다녀오니 마치 내가 범죄자가 된 것 같아 기분이 이상했다. 그리고 내 인생에 큰 오점을 남긴 것 같아서 견딜 수가 없었다. 게다가 벌금까지 물게 생겼으니 걱정이 이만저만이 아니었다. 그날부터 나는 밤잠을 설쳤고 계속해서 한숨밖에 나오질 않았다.

계속해서 혼자서 고민을 거듭하다 나는 아버지에게 전화를 걸어 조언을 구했다. 나의 이야기를 들은 아버지는 "그러게 멱살은 왜 잡니. 어쩔 수 있냐. 가서 사과하고 합의를 보는 수밖에."라며 합의를 보라고 했다. 여전히 아버지는 내 편을 들어주지 않았다. 사실 속으론 아버지가 옆 가게 사장을 시원하게 욕해주길 바랐다. 그렇게 이러지도 저러지도 못하고 고민만 하고 있던 찰나에 원장님이 나를 부르셨다. 그리곤 상황이 어떻게 진행이 되고 있냐며 물으셨다. 나는 망설이다 "벌금이 나올 것 같은데 이걸 안 내려면 합의를 보라고 하네요."라고 말씀드렸다. 그러자 원장님은 대뜸 "이번 일을 통해서 뭘 깨닫게 되었니?"라고 내게 물었고 나는 "여전히 저는 아이 같고 어리다는 것을 깨달았습니다."라고 말했다. 그러자 원장님은 "멱살을 잡은 것은 분명 어른답지 못한 행동이었어. 근데 몇 개월 동안이나 괴롭힘을 당했잖아. 네가 잘못했어? 합의 보고 싶어?"라고 물으셨다. 나는 단호히 "아니요. 하지만 벌금이…."라고 말했다.

그러자 원장님은 "돈 때문에 마음에도 없는 행동은 하지 마라. 네가 잘못한 게 없는데 왜 가서 마음에도 없는 사과를 해. 벌금은 걱정하지 마. 벌금이 얼마가 나오든 내가 내줄 테니깐. 그러니 어깨 펴고 당당히 다녀!"라고 해주셨다. 울보인 나는 집에 가서 한참을 펑펑 울었다. 나를 위해 이렇게까지 해주는 원장님이 정말 고마웠다. 그리고 난생처음 느껴보는 든든한 행복함을 느꼈다. 그리고 신기하게도 멱살 잡은 사건이 있고 난 뒤부턴 이전처럼 화가 쌓이지 않았다. 화가 나면 화가 난 만큼 당당하게 나의 감정을 표현하고 말할 수 있게 되었다.

사실 알고 보면 화를 내고 싶어도 참도록 통제한 사람은 바로 나 자신이었다. 때론 참는 것도 필요하지만 화를 내야 할 땐 화를 낼 줄도 알아야 한다. 그러려면 화내는 법도 연습을 해야만 한다. 만약 어른이 되는 방법을 가르쳐 준 원장님이 없었다면 나는 아직도 아이 같은 삶을 살고 있었을 것이다. 물론 과정이 좋진 않았지만 이 일 덕분에 나는 과거의 나와 화해할 수 있었고 어른이 될 수 있었다. 17살에만 머물고 있던 내가 드디어 진짜 어른으로 성장하기 시작한 것이다.

가끔은 어떤 문제에 대하여 우회해서 돌아가야 할 때도 있지만, 당당하게 맞서서 정면 돌파를 해야 할 때도 있다. 물론 언제나 정면 돌파는 겁나고 두려운 일이다. 하지만 한 번쯤 용기를 내야만 그곳에서 벗어나 성장할 수 있다. 용기란 두려움에도 불구하고 다시 일어서는 것이다.

42. 트라우마, 고칠 수 있다

앞서 말했듯이 지옥과 같았던 중학교 시절을 거쳐 오면서, 나에게는 수많은 트라우마가 생겼다. 그렇게 잘 타고 다니던 지하철을 타지 못하게 되었고, 10년이 넘는 시간 동안을 버스만 타고 다녀야만 했다. 그리고 사람들이 많은 곳들은 가지도 못했다. 나의 이런 제한적인 삶은 나의 주변 사람들에게도 본의 아니게 피해를 주었다. 나의 주변 사람들은 이런 나 때문에 나와 함께 있을 때는 영화관조차 가지 못했고, 지하철 대신 버스를 타야만 했다. 그리고 사람이 없는 음식점만 골라 들어가야만 했다. 이외에도 모든 것들을 나에게 맞추어 주어야 했다. 그래서 늘 미안했고 부끄러웠다.

사람들이 나를 볼 때는 '왜 저걸 못하지?'라고 생각할 수도 있다. 물론 나도 지하철을 타고 다니고 싶었고 사람들이 많은 곳으로 놀러도 가고 싶다. 하지만 절대 의지만 있다고 해서 고쳐지는 일은 아니었다. 그냥 트라우마에 노출이 되면 내 몸이 그것을 버텨내지 못하는 것이다. 그래서 내가 제일 답답하고 불편하다. 그렇게 10년 동안이나 반복되다 보니 지하철보단 오히려 버스가 편했고 북적거리는 곳보단 한적한 곳들이 편해졌다. 그럼에도 나는 주변 사람들을 위해서라도 고치고 싶어졌다. 하지만 어떻게 해야 극복할 수 있는지 몰랐다.

그래서 나는 일하던 곳 학원 원장님을 찾아가 조언을 구했다. 그러자 원장님은 내게 먼저 '인정'을 하라고 하셨다. 모든 일의 시작은 인정이라면서 말이다. 나는 도통 무슨 말씀을 하시는 건지 이해할 수 없었다. 그러자 원장님은 과거의 일들과 사람들을 핑계 삼지 말고 나의 약함과 무지함을 인정하라고 하셨다. 쉽게 말하면 남 탓을 하려고 하지 말고 내 탓이라는 것을 인정하라는 말씀이었다. 그리고 그걸 인정해야만 극복할 수 있다고 하셨다. 그리고 너는 충분히 해낼 수 있다고도 말씀해 주셨다.

나는 원장님 말에 용기를 얻어, 다음 날부터 지하철 타는 것을 연습하기 시작했다. 하지만 생각보다 어려운 일이었다. 너무 어지러웠고 숨이 안 쉬어졌다. 그래서 첫날은 한 정거장을 겨우 갈 수 있었다. 원장님은 무엇이든 첫술에 배부를 수 없다고 하시면서 잘했다고 칭찬해 주셨고 그렇게 나는 매일 아침 하루에 한 정거장씩 늘려가며 연습하기 시작했다. 열다섯 정거장을 성공한 날에는 어지럽지가 않았다. 그리고 열다섯 정거장을 왕복으로 성공한 날에는 숨도 잘 쉴 수 있었다. 비록 이동하는 내내 눈을 질끈 감고 있어야 가능하긴 했지만 말이다. 어쨌든 나는 원장님의 말대로 정면 돌파에 성공할 수 있었다. 엄청난 성취감을 느낀 나는 사람들이 많이 모이는 영화관에도 도전했다. 사람이 없는 평일 아침 텅 빈 영화관에서부터 시작했다. 그리고 몇 개월 후 결국 이것마저도 성공해 낼 수 있었다. 3년이 지난 지금은 거의 모든 것이 정상으로 회복되었다.

　트라우마를 극복하는 과정은 절대로 쉽지만은 않다. 오히려 버스를 타고 한적한 곳들을 돌아다니던 시절이 그리울 만큼 후회가 될 때도 있었다. 하지만 잘 생각해 보면 트라우마가 생기던 과정도 쉽지 않았다. 평소에 잘 타고 다니던 지하철을 갑자기 타지 못해 타기 시작한 버스가 불편했듯 말이다. 1에서 10을 가려면 사이에 있는 2에서 9까지의 과정들을 거쳐야만 한다. 반대로 10에서 1로 돌아올 때도 사이에 있는 9에서 2까지의 과정들을 동일하게 거쳐야 한다. 그렇기 때문에 힘든 것이다. 트라우마를 극복하는 일은 나 자신의 나약하고 비겁했던 모습들을 인정하는 것에서부터 시작된다. 그리고 그 준비가 되었다면 극복하기까진 오랜 시간이 걸리지 않는다. 첫 계단이 넘기 힘들 뿐이지 그다음 계단부턴 쉽다. 트라우마, 극복할 수 있다. 당신도 할 수 있다!

43. 관계의 출발은 인사이다

탈모가 생기면서부터 사람들의 시선이 불편하고 기분 나빴다. 그래서 걸핏하면 눈싸움하며 에너지를 소비하곤 했다. 사실 따지고 보면 고등학교를 자퇴하고 나서부터 사람들의 눈빛이 불편하지 않았던 적이 없다. 언제나 사람들의 시선은 불편했다. 나를 째려보는 사람들은 모두 하나 같이 나를 괴롭혔던 사람들과 닮아 있었다. 얼굴의 생김새나 눈빛, 말투, 목소리의 톤과 같은 부분들에서 말이다. 그래서 언제나 나를 째려본다고 생각을 했고 기분 나빠했던 것이다.

내가 서른이 되어 좋은 사람이 되고 싶다고 다짐을 했을 때, 나는 좋은 사람이 되기 위해서 무엇부터 해야 할지 몰랐다. 그런데 생각해 보니 좋은 사람을 이미 경험한 적이 있었다. 때는 대학교에 처음 입학했을 때였다. 내가 입학한 학교에는 옛날부터 전해져 내려오는 좋은 전통이 하나 있었다. 그것은 바로 캠퍼스 안에서 누구를 마주치든지 '안녕하세요!' 하고 먼저 인사를 건네는 것이었다. 아이, 학생, 노인 할 것 없이 눈이 마주치면 인사를 했다. 심지어 화장실에서 마주치는 민망한 상황에서조차 인사를 할 정도였다. 처음엔 이런 문화가 그저 어색하기만 했다. 왜냐하면 당시 나는 누군가와 눈이 마주칠 때면 '왜 기분 나쁘게 나를 쳐다보지?'라고 생각할 정도로 피해의식에 사로잡혀 살았기 때문이다.

쳐다보는 게 기분이 나빠도 모든 사람이 인사를 하는데 나만 안 할 수는 없는 노릇이었다. 그래서 나는 매일 마주치는 사람들에게 인사를 받고 인사를 건네기 시작했다. 수업이 많아 캠퍼스에 사람이 북적거리는 날이면 고개를 숙이며 인사를 하는 횟수가 너무도 많아 헛웃음이 나올 정도였다. 하지만 그렇게 같은 사람과 세 번 정도 인사를 하다 보니, 자연스럽게 친해지기 시작했다. 그렇게 인사를 한 덕분에 한 학기가 끝날 무렵엔 친해진 사람이 몇백 명이나 될 정도였다. 단언컨대 내가 학교에서 모르는 사람이 없을 정도였다. 이렇게 인사를 해서 좋았던 점은 사람들과 눈싸움하며 쓸데없이 에너지를 낭비하지 않아도 된다는 점이었다.

인사는 서로 간의 쓸데없는 기싸움과 눈싸움을 마비시키는 능력이 있다. 그리고 인사는 사람과 사람을 이어주는 힘이 있다. 인사는 관계를 맺어 주는 가장 기본적인 출발 신호이다. 요즘 같은 시대에 먼저 인사를 건네면 '도를 아십니까'와 같은 이상한 사람 취급을 받겠지만 역으로 모두가 인사를 하는 문화를 만든다면 오히려 '도를 아십니까' 취급을 하는 사람이 이상한 사람이 될 것이다. 오늘부터라도 사람들에게 웃으며 반갑게 인사를 건네어 보자. 그렇게 인사를 건네면서 친해진 사람들 중에 당신의 인생을 바꾸어 줄 인연이 있을 수도 있다. 인사로 시작한 좋은 사람 되기 프로젝트는 당신을 분명히 좋은 사람으로 만들어 줄 것이다.

44. 소중한 사람은 잃고 나서도 잡을 수 있다

　중고차 사건으로 다툰 뒤 승리와 나는 7년 동안이나 연락을 끊고 살았다. 공교롭게도 연락이 끊긴 동안 나는 많은 사람들을 잃었다. 결국 내 주위엔 아무도 남아 있지 않게 되었다. 사람들을 모두 잃고 외로운 순간 가장 먼저 생각났던 사람은 친구 승리였다. 소중한 사람은 떠난 후에야 그 소중함을 알게 된다는 말이 맞았다.

　사실 승리와 연락이 끊긴 동안 카톡으로 몇 번의 사과를 한 적이 있었다. 하지만 그때마다 번번이 연락이 닿지를 않았다. 어쨌든 시간이 지나 주변 사람들을 모두 잃고 모든 것이 절벽 끝에 다다랐을 때 나는 〈왕따였던 어른들〉이라는 방송에 나가게 되었다. 그때 촬영 중에 소원이 무엇이냐는 질문을 받았던 적이 있는데 그때 나는 소원으로 가장 친했던 친구 승리와 다시 화해하는 것이라고 말했던 기억이 난다. 이후 사람들에게 용서받고 아버지를 용서하면서 나는 용기를 가지고 승리에게 연락을 시도하게 되었다. 그렇게 나는 승리에게 장문의 절실함이 담긴 메시지를 보냈고 놀랍게도 만나자는 답장을 받게 되었다. 그렇게 7년 만에 만나자마자 나는 승리에게 미안하다며 용서해달라고 사과했고 승리는 그때 자신도 옹졸했다며 사과를 받아주고 미안하다고 말해주었다. 그리고 나에게 서로가 함께 잘못한 일일 뿐이라며 일방적으로 용서를 구해야 할 만큼 잘못한 건 없다면서 나의 무거운 마음의 짐을 덜어주었다. 그리고 앞으로는 비슷한 일이 생기면 피하지 말고 그 자리에서 대화로 풀자는 약속과 함께 화해하게 되었다. 나의 가장 큰 소원이 진짜로 이루어진 것이다.

나는 승리와 화해한 후에도 같은 일이 반복되지 않게 하기 위해 계속해서 노력했다. 그 노력 중 한 가지는 바로 승리가 소개해 주는 친구들에게도 마음의 문을 열고 다가가는 것이었다. 이전까지는 나와 결이 맞지 않는 불편하기만 한 친구들이어서 일부러 거리를 두고 지냈었다. 물론 여전히 어색하고 불편했지만 같이 만나서 운동도 하고 모임에도 참석하기 시작했다. 느리지만 천천히 친구들과 융화되려고 노력했다. 아무래도 승리와 승리 친구들은 초등학교 시절부터 이어져 온 오랜 사이였기 때문에 내가 그사이에 끼는 것이 쉽지 않은 것이 사실이었다. 대화해도 나만 그때의 추억과 공감대가 없으니 심심하고 뻘쭘할 뿐이었다. 그래서 가끔은 시간이 빚어낸 그들의 허물없는 사이가 부럽기도 했다. 막 대하는 듯 친근한 사이는 오랜 시간을 함께하고 많은 것들을 겪어야만 나오기 때문이다.

그렇게 친구들의 배려 덕분에 나도 그런 친구 사이가 되려고 노력하는 중이다. 그들이 15년 정도의 시간 동안 만들어진 사이라면, 나도 앞으로 15년 뒤면 그런 사이가 될 수 있다는 뜻이니까 말이다. 그래서 이제는 개인적으로 힘든 일이 있으면 친구들에게 솔직하게 털어놓고 조언을 구한다. 때론 현실적인 조언을 받기도 하고 위로를 받기도 한다. 그리고 나도 마찬가지로 친구들이 나에게 조언을 구할 때면 함께 들어주고 함께 고민해 준다.

만약 나의 절실함과 미안함을 승리에게 말하지 않았다면 화해할 수 없었을 것이다. 소중한 것을 소중한 기억으로만 간직할 뻔했다. 서로가 서로에게 느끼는 감정과 그리움은 말하지 않으면 모른다. 후회가 되고 그리울 때는 용기 있는 행동 하나면 된다. 소중한 사람은 곁에 두어야만 한다.

45. 쓸모없는 경험은 없다

〈왕따였던 어른들〉이 유튜브로 방송이 나가고 1년 정도 후 인터뷰 내용을 담은 책이 출간되었다. 그리고 감사하게도 교육청과 연계해 여러 곳을 돌아다니며 토크콘서트를 다닐 기회도 생기게 되었다. 우리는 모두 우리가 겪은 경험을 가지고 현재 힘들어하는 학부모와 학생들에게 작게나마 힘이 될 수 있다는 사명감을 가지고 최선을 다했다. 그리고 아무래도 책을 출간하면서 얻은 토크콘서트이다 보니, 행사의 마지막은 언제나 책에 사인을 해주는 것으로 마무리가 되었다. 나는 스스로를 생각했을 때 작가라고 전혀 생각하지도 않았고 오히려 뭔가 낯 뜨겁고 부끄러웠다. 그래서 나는 사인 대신 힘들 때 연락하라며 내 전화번호를 적어 주기 시작했다. 사실 연락이 안 올 줄 알았다. 하지만 생각보다 많은 학생들에게서 문자와 전화가 걸려 왔다. 보통 한번 전화가 오면 6시간은 기본일 정도로 통화가 길어졌다. 전화를 걸어 온 학생들이 그만큼 절박하고 힘들다는 뜻이다. 나도 경험한 부분이지만 사람이 말할 곳이 생기면 하소연은 끝이 없고 그 갈증은 해소가 되지 않는다. 그리고 아무리 들어도 계속 듣고 싶은 것이 공감과 위로의 말이다. 더군다나 비슷한 경험을 가지고 있는 사람끼리 대화를 하다 보니 물 만난 물고기처럼 시간 가는 줄 몰랐다.

학생들과는 거의 매일을 통화했다. 물론 전화기를 들고 있는 팔은 저리고 아팠지만, 마음만은 뿌듯하고 행복했다. 이런 나의 모습을 보는 주변 사람들은 매번 나에게 말했다. "언제까지 네가 이 학생을 책임질 수 있을 거라고 생각해? 중간에라도 포기하면 학생들에겐 그게 더 상처야!"라며 내가 하는 행동을 그만 멈추기를 바랐다. 하지만 그럴 수 없었다. 내가 다른 사람들의 도움으로 이만큼 왔으니 나도 그만큼 다른 사람에게 돌려주어야 한다는 생각이 있었기 때문이다. 다행히 사람들의 우려와는 달리 오랜 시간이 걸리지 않았다. 대부분 6개월 정도의 시간이 흐른 뒤엔 스스로 방법을 찾기 시작했고 변화하기 시작했다. 당연히 나에게 걸려오는 전화의 횟수도 점점 줄어들기 시작했다.

그때쯤 나는 점점 늘어나는 이런 학생들을 혼자서는 감당할 수 없다고 생각했다. 그래서 나는 함께 방송에 출연했던 사람들에게 연락했다. 감사하게도 모두 함께 동참해주었다. 그렇게 도와주는 사람들이 많아지니 학생들 한 명 한 명에게 더욱 집중해 줄 수 있었다. 그렇게 얼마의 시간이 흐른 뒤엔 학생들 대부분이 자신만의 삶을 찾게 되었다. 이렇게 학생들이 변화하는 모습들을 보면서 우리는 뿌듯함과 보람을 느꼈다. 그래서 우리는 학생들과 하루를 잡아 함께할 계획을 세우게 되었다. 매번 통화만 했지 실제로 뭔가 실질적인 도움을 준 적이 없었기 때문이다. 그래서 나는 그동안 통화했던 학생들에게 따뜻한 밥 한 끼를 먹이고 싶다고 생각하게 되었다. 내가 힘들 때 받았던 가장 큰 위로가 따뜻한 밥상이었기 때문이다.

그렇게 방송에 함께 출연했던 사람들과 힘을 합쳐 공간을 대여하고 아침부터 밥을 준비해서 학생들에게 밥을 먹였다. 정말로 이런 공간과 사람이 그립고 필요했었는지 정말로 많은 학생들이 찾아와 주었다. 우리는 과거의 아픈 이야기는 잠시 접어두고 함께 밥을 먹고 함께 설거지도 하면서 그날만큼은 일상적인 시시콜콜한 이야기들을 나눴다. 최근에 개봉한 영화 이야기, 맛집 이야기, 재미있는 자신만의 에피소드와 같은 평범한 대화들로 웃음꽃을 피웠다. 정말 그날 하루는 웃음이 끊이질 않았고 모두가 행복해했다.

기다려 주는 일은 생각보다 많은 시간을 필요로 하지 않는다. 단지 많은 시간이 소요된다고 짐작되니 어렵게 느껴질 뿐이다. 길다면 길고 짧다면 짧은 몇 개월의 시간으로 많은 학생들의 삶이 변화할 수 있다면 그것만으로도 충분히 가치가 있는 일이다. 그리고 학생들이 변화하는 시간 동안 나도 변화하고 성장하게 된다. 이 세상에 무조건 일방적인 것은 없다. 내가 나누면 나 또한 무언가로 채워진다. 나의 수치가 누군가에겐 위로가 되고, 나의 실패가 누군가에겐 공감이 된다.

46. 흔들리지 않고 피는 꽃은 없다

코로나가 터지기 전 미국으로 일을 하러 간 적이 있다. 그리고 우연찮게 그곳에서 필리핀에서 데리고 있었던 학생과 연락이 닿게되었다. 신기하게도 내가 지내는 숙소와 멀지 않은 곳에서 대학생활을 하고 있었고 우리는 그렇게 주말에 만날 약속을 잡게 되었다.

이 학생은 필리핀에 있을 당시, 내 속을 가장 많이 썩인 학생이었다. 한국에서 말썽을 너무 피워 필리핀으로 왔을 정도로 한 성질 하는 아이였다. 한번 화가 나면 그 누구도 말릴 수 없는 독불장군이었다. 그런 날카로운 모습 뒤엔 튀는 행동을 해서라도 부모님에게 인정 한 번 받아보는 것이 소원인, 여린 마음을 가지고 있는 아이였다. 인정욕구와 애정결핍이 가득하지만 강한 척하는 그런 학생이었다. 유독 마음이 쓰여 잘해주고 싶어도, 가끔 화가 나면 쌍욕을 하며 달려드는 바람에 자주 싸웠던 기억이 있다. 싸우면서 정이 든다고 했던가. 싸운 만큼 많이 친해져서 내가 필리핀을 포기하고 한국으로 돌아갈 때도 가장 걱정이 되고 신경이 쓰였던 아이였다. 그랬던 애가 미국에서 대학교에 다니고 있다고 하니 무척이나 궁금했다. 7년이 지난 지금은 어떤 어른으로 자라 있을지 아주 궁금했다.

학생과 만나기로 한 주말, 나는 아침부터 렌터카를 빌려 멀지 않은 곳에서 지내고 있는 학생을 픽업했다. 나는 7년 만에 만난 학생의 모습을 보곤 깜짝 놀라고 말았다. 옛날에 그렇게도 풋풋하고 순수했던 모습은 온데간데없이 사라지고 머리부터 발끝까지 모두 미국영화에 나올 법한 미국인이 되어 있었다. 강렬한 미국식 비둘기 눈썹에 진한 빨간 립스틱에 큰 치수의 펑퍼짐한 옷차림을 하고 있었다. 신기한 건 7년 만에 만났음에도 어제까지 만났던 사람처럼 어색하진 않았다는 것이다.

그렇게 우리는 점심을 먹기 위해 곧장 식당으로 향했다. 학생은 영어를 못하는 나 대신에 음식을 주문해 주었는데 마치 로컬 미국인을 보는 듯했다. 그만큼 영어 발음이 유창하고 멋있었다. 필리핀에 있을 때는 영어를 잘 못했던 것으로 기억하는데, 이젠 완전히 달라진 학생을 보고 있자니 멋지기도 하고 왠지 짠하기도 했다. 그동안 타지에서 얼마나 고생했을지 짐작이 되었기 때문이다. 어느 정도 배를 채우고 난 뒤 우리는 그동안 못다 한 서로가 살아온 이야기들을 나누기 시작했다. 대화는 점점 흐르고 흘러 필리핀에서 있었던 이야기로 주제가 바뀌었다.

그런데 갑자기 학생은 나에게 "쌤, 필리핀에서 그땐 정말 죄송했어요. 그땐 저도 제가 왜 그랬는지 모르겠어요. 이제야 사과의 말씀을 드리네요. 그리고 그때 쌤한테 진짜 많이 의지하고 마음 붙였었는데, 너무 친하고 가깝다고 생각해서 그랬는지 더 어리광 부리고 속 썩이고 막 대했던 것 같아요! 정말 죄송했어요!"라는 진심이 가득 담긴 사과를 해주었다. 사과를 받을 만큼 내가 고생을 한 건 맞지만, 난 이 학생이 아직까지도 그때의 일들을 기억하고 있을 거라고는 상상도 못 했다. 더더군다나 사과를 해주리라고는 생각도 못했다. 그래서 너무 대견했고 고마웠다.

누구나 실수와 잘못을 하고 산다. 특히 불안정한 청소년 시절엔 실수할 수밖에 없다. 사실 그 시절의 실수를 통해 인생을 배운다. 물론 누군가에게 씻을 수 없는 상처와 폭력을 행사했던 일은 정당화될 순 없다. 그럼에도 기회가 있다는 말을 하고 싶다. 내가 데리고 있었던 철부지 학생처럼 진심으로 자기 잘못을 뉘우치고 인정

하고 사과할 기회 말이다. 자신이 했던 잘못된 행동들을 인정하고
후회하는 데서 그치지 않고, 용기를 내어 사과해 주었듯이 말이다.

47. 잘못을 인정하는 것은 원래 어렵다

아픔에서 벗어나 어느 정도 살 만해지니 나는 우리 가정을 바로 잡고 싶은 욕심이 생겼다. 특히나 불륜관계가 현재진행형인 아버 지를 원래의 자리로 돌아오도록 만들고 싶었다. 더군다나 아버지 가 목사라는 직업을 가지고 있었기 때문에 가족으로서 더욱 책임 감을 느꼈던 것 같다. 미우나 고우나 어쨌든 내 아버지이고 내 부모 였기 때문에 자식으로서 알고 있으면서 방관만 하고 있을 수는 없 었다.

내가 중학교 시절 내내 가정폭력을 당했던 가장 큰 이유는 아버 지의 두 번째 외도 때문이었다. 이미 내가 초등학교 3학년이었던 시절 한 차례 외도로 인한 큰 사건이 있었기에 두 번째 외도는 가정 폭력의 큰 원인이 되었다. 아버지의 불륜 상대는 가끔 나에게 용돈을 주시던 계란 집 사장님의 아내였다. 계란 가게 사장님 부부에겐 어린 세 딸이 있었고 부부 내외는 아버지 교회에 출석하던 교인들이었다. 계란 가게는 분홍색 교회 건물이 있는 1층에 있었다. 그래서 매일 집에 가는 길이면 그 앞을 지나가곤 했는데 그때마다 보이는 계란 가게 부부의 모습은 행복하고 화목해 보였다. 하지만 보이는 것과는 달리 여러 가지 이유로 부부싸움이 잦았다고 한다.

그러던 어느 날 계란 가게 부인이 약을 먹고는 쓰러졌고 집에 있던 어린 세 딸은 계란 가게 4층에 있던 나의 아버지에게 급하게 도움을 요청했다고 한다. 그렇게 아버지는 계란 가게 부인을 업고 대학병원 응급실로 달려갔고 그렇게 그날을 계기로 둘의 사이는 급속도로 발전했다고 한다. 그리고 이 사실을 알게 된 어머니는 아버지와 매일 부부싸움을 하게 되었던 것이다. 안 그래도 월급을 한 푼도 받지 못하는 아버지로 인해 사이가 좋지 못했기에, 아버지의 외도는 부부싸움의 화약고가 되었다. 그리고 그렇게 튄 불똥들은 나에게 가정폭력을 선물해 주었다.

다시 현재로 돌아오면, 나의 아버지와 어머니는 법적으로 이혼을 한 상태가 아니다. 부모님은 별거 중이다. 마찬가지로 계란 가게 부부 역시 법적으로는 이혼을 하지 않은 상태이고 별거 중이다. 그런 상태로 10년이 넘는 세월을 불륜관계로 지내고 있는 것이다. 아버지의 불륜 상대인 여자의 딸들은 나의 아버지를 '아빠'라고 부를 정도로 서로 가깝게 지내고 있다. 내가 알기론 함께 사는 가족과도 같아서 오래전부터 주말마다 여행도 다니고 외식도 자주 하는 것으로 알고 있다. 어쨌든 나는 이런 꼬여버린 상황들을 바로잡는 것이 모두가 행복해지는 유일한 길이라고 생각했다. 그리고 올바른 행동이라고 생각했다. 보통 사람들이 저런 삶을 살아도 욕을 먹는데, 더군다나 종교가 있는 사람들이 저런 삶을 살고 있으니 꼭, 바로 잡아야겠다는 사명감이 들었다. 더구나 가족이란 공동체가 만들어지는 순간부터 생기는 모든 일은, 가족 모두가 힘을 합쳐 해결하고 책임지는 것이다. 그래서 가족이다.

나는 아버지의 불륜 상대인 여자분을 직접 설득할 수는 없다고 생각했다. 그래서 내 아버지는 내가 설득하고 상대편 여자분은 그분의 딸들이 설득하도록 해야겠다고 생각했다. 그래서 나는 여자분의 딸들에게 전화를 걸어 대화하기 시작했다. 처음에는 이런 잘못된 행태들이 올바르지 않다는 것에는 동의를 해주었다. 그리고 본인들이 잘 설득해보겠다고 해서 일이 쉽게 풀릴 것이라고 생각했다. 하지만 며칠 뒤 여자분의 딸들에게서 "엄마가 행복한 일이라면 그게 설사 잘못된 일이라도 상관없어요. 불쾌하니 앞으로 전화하지 않으셨으면 좋겠어요!"라는 황당한 말을 들어야 했다. 정말이지 어이가 없었고 불쾌했다. 다른 사람의 불행으로 자신들은 행복을 누렸으면 조금의 양심이라도 있어야 하는 게 아닌가 싶었다.

그래서 나는 결국 아버지와 대화를 시도했다. 아버지도 본인의 행동이 올바르지 않다는 것에는 동의했다. 하지만 10년 동안 진심이었고 진짜 사랑이라고 했다. 그리고 내가 인정 해주길 바랐다. 이 말을 듣는 순간 나는 '이건 내가 해결할 수 있는 문제가 아니구나.'란 생각을 하게 되었다. 어떤 사람들은 본인들의 인생인데 제삼자가 나서서 왈가불가하는 것은 옳지 않다고 말한다. 하지만 내가 바라는 것은 헤어지는 일이 아니다. 이혼하고 재혼하듯 모든 일에는 순서가 있다고 생각한다. 그렇듯 엉킨 것들을 먼저 풀어내고 자신들의 잘못을 인정하고 먼저 피해자에게 진심으로 사과하길 바랐다. 그리고 난 후 정식으로 이혼을 하든 재혼을 하든 그건 본인들의 선택이라고 생각했다.

사실 자기 잘못을 인정하는 것만으로도 문제는 해결되기 시작한다. 사람들은 언제나 자기 잘못을 인정하기를 죽기보다 싫어한다. 그리고 언제나 자기 잘못에 대한 변명과 핑곗거리만 찾기에 급급하다. 그리고 자신의 잘못을 정당화하고 합리화하고 싶어 한다. 그래서 참으로 안타깝다. 서로가 서로에게 상처만 주고받으면서 살아가고 있기 때문이다. 개인의 행복, 물론 중요하다. 하지만 다른 사람의 행복을 짓밟으면서 얻어낸 행복은 진정한 행복이 아니다. 다른 사람의 불행을 먹고 자란 이기적인 행복은 절대로 행복할 수 없다.

PART 4

화해와 기쁨

다시 사랑할 수 있게 되었다

48. 행복을 채우는 방법

　좋은 사람이 되기로 결심을 한 순간부터 나는 행복해지고 싶어졌다. 그래서 행복해지는 방법들을 찾고 연구하기 시작했다. 그래서 나는 맨 먼저 마인드 셋과 관련된 책과 행복과 관련된 책들을 독서하기 시작했다. 그렇게 읽은 대부분의 책들에서 말하는 행복해지는 방법은 '감사'였다. 감사가 기초가 되어야만 행복해질 수 있다는 것이었다.

　하지만 책에서 말하는 감사를 현실로 옮기기란 무척 어려운 일이었다. 감사하지도 않은데 억지로 감사를 쥐어 짜낼 수는 없지 않은가. 사실 하루를 살아보면 실제로 감사한 순간보다는 감사하지 않은 순간들이 훨씬 많은 것이 사실이다. 그래서 나는 내가 감사할 수 있고 행복하다고 느낄 수 있는 사소한 행동들을 찾기 시작했다. 나는 가장 먼저 로또복권을 구매했다. 그것도 한 주의 시작인 월요일에 말이다. 많은 사람들이 그렇듯 복권을 구매하면 추첨일까지 매 순간 1등이 되었을 때를 상상하며 한 주를 들뜬 마음으로 보낼 수 있기 때문이다. 혼자서 그 당첨금을 받으면 어떻게 사용할지 계획을 세우면서 말이다. 이렇게 복권 추첨일인 토요일 저녁까지 행복한 상상으로 감사할 수 있었다. 약간은 비현실적이긴 하지만 이런 상상만으로도 충분한 감사 에너지를 느낄 수 있다. 1,000원으로 일주일의 행복을 사는 것이다.

그리고 두 번째로 나는 오줌을 오래 참았다가 화장실을 가기 시작했다. 누구나 한 번쯤 오줌을 지릴 것 같은 그 순간에 화장실을 가 본 경험이 있을 것이다. 오줌을 참다가 화장실을 가면 그 순간 세상을 다 가진 듯이 행복해지는 경험을 해본 적이 있을 것이다. 그래서 나는 오줌을 끝까지 참았다가 화장실을 가기 시작했다. 화장실을 갈 때마다 나도 모르게 "오 감사합니다. 쌀 뻔했네!"라는 말이 나온다. 조금 미련한 방법이기는 하나 이만큼 효과적이고 좋은 방법은 없었다. 그리고 화장실을 가기 위해선 물도 많이 마시게 되었다. 그렇게 자주 화장실을 가게 되니 몸에 쌓인 노폐물들도 잘 배출되면서 건강해지는 것 같았다. 일거양득인 셈이다. 그렇게 하루에 화장실을 적어도 다섯 번 정도는 가게 되니 나의 하루 중 행복한 순간이 다섯 번은 찾아왔다. 이만큼 쉽게 감사를 어디서 얻겠는가?

그리고 마지막으로 나는 매주 금요일 저녁, 친구들과 풋살을 하러 다니기 시작했다. 나는 평소에 운동을 전혀 하지 않았기에 나로서는 운동을 한다는 사실 그 하나만으로도 큰 결심을 한 셈이었다. 운동을 해본 사람들은 알겠지만 미친 듯이 뛰어다니다 보면 폐가 터질 듯한 끔찍한 고통이 밀려올 때가 있다. 그때마다 들이마시는 상쾌한 공기는 통쾌함을 넘어 온몸을 신선하게 해주는 느낌이다. 매일 들이마시는 공기임에도 확실히 다르게 느껴지는 것이다. 그리고 땀을 한 바가지 흘린 뒤 마시는 시원한 생수 한 병은 세상 그 어느 것보다 달콤하고 맛있다. 매일 마시는 물임에도 격한 운동을 하고 마시는 물은 확실히 맛이 다르다. 물이 어찌나 달고 맛있는지 물의 소중함을 새삼 다시 느낄 정도이다. 그리고 금요일 저녁 운동을 하면 일주일 동안 쌓였던 스트레스가 깨끗이 해소되는 것도 느낄 수 있다. 그래서 나는 금요일 저녁만 되면 감사가 입 밖으로 저절로 나온다. 이제는 금요일을 위해 일주일을 사는 것 같은 기분마저 든다. 그만큼 금요일이 기다려진다.

내가 감사함을 느끼는 방법은 이런 사소한 행동에서부터 시작되었다. 우리는 그저 감사함에 무뎌진 상태로 살고 있는 것일 뿐이다. 자세히 알고 보면 우리는 감사함과 함께 살아가고 있다. 잘 둘러보면 우리 주변에 널려 있는 것이 감사다. 이런 작은 감사들을 차곡차곡 모으다 보면 자연스럽게 행복해지게 된다. 당신도 행복해질 수 있다.

49. 표현하지 않으면 모른다

나는 원래 미안하다는 말을 잘하지 못했다. 먼저 미안하다고 하기엔 자존심이 상했고 또 굳이 얕잡아 보이고 싶지도 않았기 때문이다. 그리고 나는 고맙다는 말도 잘하지 못했다. 이건 그냥 입 밖으로 내뱉어지지가 않았다. 그만큼 나는 자기방어적이고 이기적인 사람이었다.

앞서 말했듯이 발길을 끊었던 교회를 소개받아 나갔던 적이 있다. 그땐 딱 한 달만 다닐 계획이었는데 어쩌다 보니 계속해서 다니게 되었다. 그때 나를 계속해서 교회에 다니게 만들어 준 사람들이 있다. 그리고 그렇게 만난 사람들을 통해서 내가 바뀌기 시작했다.

나는 늘 교회에서도 뒤쪽 구석진 창가 자리에 앉아 조용히 있곤 했다. 그러다 나에게 인사하러 다가와 준 사람들과 우연히 친해지게 되었고 그렇게 '지구방위대'라는 모임이 만들어졌다. 이 모임은 20대 동생 두 명과 30대인 나 그리고 40대인 형 이렇게 네 명으로 구성되어 있었다. 서로 은근히 나이 차이가 크게 났기에 어울리기 힘들 것 같았지만 의외로 우리는 잘 어울렸다. 그리고 거의 매일을 통화하고 자주 만날 정도로 친했다.

나는 이 모임에서 민폐가 되는 일이 두 가지 있었다. 하나는 축하받는 일이었고 다른 하나는 가끔 잠적하는 일이었다. 이 두 가지 때문에 형과 동생들에게 매번 민폐를 끼쳤고 좋았던 모임의 분위기를 망치곤 했다. 당시 우리는 돌아가면서 서로의 생일을 챙겨 주곤 했다. 생일인 사람을 집으로 불러 깜짝 생일 파티를 해주거나 식당을 예약해 그곳에서 축하해 주었다. 나는 다른 사람의 생일을 축하하는 일은 그럭저럭 잘할 수 있었지만 다른 사람들이 내 생일을 축하해 주는 일은 유독 견디지 못했다. 그 자리를 뜨고 싶을 만큼 부끄럽고 불편하기만 해서 기뻐해 주지도 못했고 진심으로 고마워해 주지도 못했다.

지구방위대 사람들은 이런 나를 진심으로 도와주었다. 20대 동생들은 매일 나에게 전화를 걸어 "사랑해요!"라는 말만 남기고 전화를 끊곤 했다. 어찌나 손발이 오그라 들었는지 모른다. 그래서 나는 징그럽다고 하지 말라고 했지만 그럴 때면 또 "사랑해요!"라는 말로 내 입을 막을 뿐이었다. 한낱 장난인 줄로만 알았던 '사랑해요!' 전화는 매일 걸려 왔다. 물론 만날 때도 사랑 고백은 계속되었다. 그렇게 매일 몇 달 동안을 '사랑해요!'라는 말을 들으니 사랑한다는 말이 전혀 어색하지 않게 되었다. 오히려 익숙해져서일까 내가 먼저 "사랑한다!" 하고 먼저 전화를 걸 정도가 되었다.

형과 동생들은 생일 축하를 받을 때면 언제나 세상 누구보다도 큰 반응으로 축하를 받아준다. 사이키 조명을 켜고 현란한 춤을 추거나 신나게 생일 축하 노래를 부르기도 한다. 오히려 생일을 축하해주는 사람이 더 행복할 만큼 말이다. 이런 모습들을 보다 보니 나도 축하를 어떻게 받아야 하는지, 그리고 축하를 어떻게 해주어야 하는지 알게 되었다. 그래서 이제는 나도 축하를 받고 축하를 해줄 줄 안다. 이렇듯 지구방위대 사람들과의 모임은 하루하루가 즐겁고 행복했다.

이렇게 잘 지내다가도 나는 가끔씩 개인적으로 힘든 일이 생길 때면 말없이 잠적하곤 했다. 그럴 때면 형과 동생들은 걱정했고 섭섭해했다. 특히나 형 같은 경우는 언제나 내가 함께 슬픔을 이겨내기를 바랐다. 하지만 나는 굳이 좋지도 않은 일들로 민폐를 끼치고 싶진 않았다. 어쩌면 나는 소중하다고 생각하는 사람들에게 나의 약점을 보이고 싶지 않았던 것 같다. 나이 먹고 안정적인 직장도 없이 빚에 허덕이는 모습을 말이다. 이런 고민을 나누고 함께 이겨내기엔 쪽팔리고 부끄러운 일이었다. 그런데도 불구하고 형과 동생들은 내가 다시 돌아올 때까지 묵묵히 기다려 주었고 다시 돌아갔을 땐 두 팔 벌려 환영해 주었다. 그 이후로 형과 동생들은 자신들의 말 못 할 고민이 있을 때면 나에게 먼저 털어놓아 주었다. 자신들의 약함을 나에게 먼저 꺼내놓아 준 것이다. 나는 그런 지구방위대 사람들의 용기에 힘입어 나 또한 나의 약함을 꺼내놓을 수 있게 되었다.

나는 이렇게 지구방위대 사람들을 통해 공동체에서 하나가 되는 법을 배웠다. 그리고 다른 사람의 일을 자기 일처럼 축하해 주는 법을 배웠다. 그리고 누군가를 진심으로 기다려 주고 환영해 주는 법을 배웠다. 생각해 보면 우리끼리는 사랑한다는 말, 고맙다는 말, 미안하다는 말, 축하한다는 말들을 아무 거리낌 없이 사용했던 것 같다. 그래서일까. 언제나 서로에게 솔직할 수 있었던 것 같다. 그래서 내가 이렇게 변화될 수 있었다.

감정은 말로 표현을 해야만 알 수 있다. 고맙다는 말, 미안하다는 말, 사랑한다는 말, 축하한다는 말. 이런 말들을 하지 않기 때문에 오해가 생기기도 하고 헤어지기도 한다. 만약 상대방을 위해 정성 들여 선물을 준비했는데 그걸 받은 상대방이 고맙다고 말하지 않는다면 어떨까? '내가 준비한 선물이 마음에 안 드나?'라고만 생각할 것이다. 마음에 들더라도 표현하지 않으면 오해와 의문이 남을 수밖에 없다.

잊지 말자. 사랑을 받는 사람은 사랑을 주는 사람이 있기에 사랑을 받는다. 사랑을 주는 사람도 사랑을 받는 사람이 있기 때문에 사랑을 줄 수 있다. 일방적인 관계는 없다. 표현해야 한다.

50. 그럴 수도 있고, 아닐 수도 있다

요즘 많은 사람들이 자신과 결이 맞지 않으면 관계를 과감히 끊어버린다. 그렇게 개인의 행복을 위한 선택들은 수많은 '혼자'를 만들어 냈다. 물론 혼자만의 삶을 즐기고 지향하는 사람들이 많다는 것은 알고 있다. 나도 한때는 사람에 지치고 사람이 무서워 관계를 끊고 혼자였던 적이 있으니까 말이다. 그리고 관계를 정리하는 일은 마치 무언가 포기할 때 느끼는 약간의 시원함과 해방감이 있다. 나도 그렇게 친구를 떠나보냈었고 가족 같았던 사람들을 떠나보냈었다.

사실 결이 맞지 않다는 건 나와 상대방이 다르다는 말과 같다. 그런데 주위를 조금만 둘러보면 알 수 있듯이 나와 결이 비슷한 것들보다는 나와 결이 다른 것들이 훨씬 많음을 알 수 있다. 오래 살기 위해 엄청난 돈을 사용하지만 빨리 죽는 사람들이 있는 반면에 그냥 오래 사는 사람들이 있다. 미친 듯이 관리해도 탈모가 오고 피부가 뒤집히는 사람이 있는 반면에, 씻지도 않으면서 사자 갈기와 같은 풍성한 머리카락과 아기 같은 피부를 가진 노숙자들도 있다. 잠을 줄여가며 공부해도 성적이 안 오르는 학생이 있는 반면에 공부를 열심히 하지 않는데도 시험마다 고득점을 받는 학생들도 있다. 우리는 불공평을 인정하지 못해 싸우고 질투하고 시기한다.

키가 큰 사람이 있으면 작은 사람이 있고 눈이 큰 사람이 있으면 눈이 작은 사람이 있다. 가난한 사람이 있으면 부유한 사람이 있고 운동을 잘하는 사람이 있으면 운동을 죽어라 못하는 사람도 있다. 운이 좋은 사람이 있으면 운이 좋지 않은 사람도 있고 뚱뚱한 사람이 있으면 마른 사람도 있다. 산을 좋아하는 사람이 있으면 바다를 좋아하는 사람이 있고 짜장면을 좋아하는 사람이 있으면 짬뽕을 좋아하는 사람도 있다. 리더가 제격인 사람이 있으면 서포터를 기가 막히게 잘하는 사람이 있다. 이 세상에서 하나로 뭉쳐지는 똑같은 것들은 없다.

우리는 서로가 서로의 모습으로 살아보지 못했기 때문에 서로를 부러워할 수밖에 없다. 그리고 서로의 모습으로 살아보지 못했기 때문에 서로를 한심하게 생각하기도 한다. 그러니 서로를 이해하지 못하는 것이 정상이다. 그래서 세상은 원래 불공평하다. 하지만 변화는 언제나 나와 결이 다른 사람을 통해서 찾아온다. 절대로 비슷한 결을 가진 사람을 통해서는 변화가 찾아오지 않는다. 비슷한 결을 가진 사람에게서는 그저 공감과 위로와 같은 편안함을 느낄 뿐이다.

내가 짧은 인생을 살아오면서 경험하고 깨달은 것이 하나 있다면 영원한 피해자도 영원한 가해자도 없다는 것이다. 언젠가 피해자가 가해자가 될 수도 있고 가해자가 피해자가 될 수도 있다. 같은 가정폭력을 겪었어도 그 울분과 한을 다른 사람에게 풀어버려서 가해자가 되는 사람을 봤다. 또한 학창 시절 무수히 많은 사람을 괴롭히던 가해자가 훗날 본인의 자녀가 학교폭력의 피해자가 되는 경우도 보았다.

이 사람은 이럴 것이고 저 사람은 저럴 것이라는 편견을 가지는 순간 억울한 피해자는 계속해서 양산되고 만다. 모든 것이 내 생각대로만 흘러가지는 않는다. 편견을 가지고 자꾸 끊고 반으로 가르기보다는 상대를 통해 배우고 변화하여 뭉쳐야 한다. 그래야만 모두가 원하고 바라는 좋은 세상을 만들 수 있다.

51. 미안하다는 말

시간이 지나고 나이를 먹을수록 이상하게도 나빴던 기억들보다는 좋았던 기억들만이 남는다. 사실 내 기억 속 부모님은 좋은 기억들보단 나쁜 기억이 훨씬 많다. 복수심을 원동력으로 삼을 만큼 나쁜 기억들이 많다. 그럼에도 불구하고 어느 순간부터는 이상하리만큼 좋았던 기억들만 떠올랐다. 어린 시절 아버지와 목욕탕을 갔다가 돌아오는 길에 김밥과 바나나우유를 사 먹었던 기억, 부모님과 함께 놀이공원을 갔던 기억, 어머니와 함께 짜장면과 탕수육을 사 먹었던 기억과 같은 좋은 기억들 말이다. 나이를 먹고 외로워지면서 나의 뇌가 살고 싶어서 그러나 싶기도 했다.

나는 아버지는 용서를 하러 다녀왔지만, 어머니에겐 한 번도 찾아가지 못했다. 솔직히 나에겐 아버지보다 어머니가 훨씬 더 어려운 존재이기 때문이다. 만약 내가 어머니를 찾아가 용서한다는 말을 하게 되면 어떤 반응들이 나올지 예상이 가능했다. 아마 욕이란 욕은 다 얻어먹고 너덜너덜해진 상태로 상처만 입고 돌아올 것이 분명했다. 정답이 빤히 보이는 일이었기 때문에 찾아갈 수 없었다. 그래서 나는 아버지와 화해한 것으로 만족하려고 했다. 하지만 시간이 흐르면 흐를수록 어머니와의 좋았던 기억들이 떠올라 나를 힘들게 했다. 그럴 때마다 나의 마음이 약해졌고 계속해서 고민하게 되었다. 그래서 나는 결국 어머니를 찾아가기로 결심을 하게 되었다.

나는 그렇게 날을 잡아 어머니를 찾아갔다. 당연히 어머니의 반응은 내가 예상했던 그대로였다. 몇 시간 동안 너덜너덜해질 때까지 한탄 섞인 잔소리들과 하소연을 들어야만 했다. 모든 이야기의 처음과 끝이 '너는 가해자고 나는 피해자'라는 것이었다. 나는 그저 아무 말 없이 묵묵히 듣고만 있어야 했다. 왜냐하면 나는 어머니를 용서하러 간 것이기 때문이다. 그렇게 어머니의 신세 한탄이 끝날 때쯤 나는 어머니에게 이야기했다.

"과거에 어머니가 저를 엄청나게 학대하셨잖아요. 저는 그 아픔과 기억 때문에 온전한 제 삶을 살지 못했어요. 근데 저도 어머니에게 상처를 드렸잖아요. 그 부분은 진심으로 죄송합니다. 오늘 제가 어머니를 찾아온 이유는 어머니를 용서하기 위해서입니다. 이제는 어머니를 용서하고 저도 행복해지려 합니다. 이 얘기 드리려고 찾아왔습니다. 그럼, 이만 저 가볼게요."

나는 말을 끝내고 자리에서 일어나 집을 나서기 위해 신발을 신었다. 그러자 그 순간 어머니는 "미안해. 그때는 내가 잘못했어. 그러니 가지 말고 와서 앉아 봐."라고 하셨다. 그렇게 나는 어머니와 한참 동안을 이야기했다. 이후 어머니와 연락을 하고 지내거나 함께 만나거나 그러진 않는다. 그저 지금까지 살아왔던 그대로 서로의 삶을 살고 있다.

어머니가 과거에 나에게 했던 학대들은 그 어떤 말로도 이해할수 없다. 사실 나는 어머니를 이해해서 용서한 것이 아니다. 이해할수 없기 때문에 용서를 한 것이다. 누가 자신을 학대한 행동을 이해할 수 있겠는가. 이해할 수도 없고 정당화될 수도 없다. 그런데 이해하지 못한다고 평생을 괴롭게 살 수는 없었다. 그래서 나는 아픈 기억에서 벗어나 행복해지고 싶은 나 자신을 위해 용서를 선택했다. 사람들이 아무 조건 없이 나의 잘못을 잊어주었던 것처럼 말이다. 나쁜 기억들은 너무나도 지독해서 아무리 지우고 지워도 지워지지 않는다. 하지만 이런 나쁜 기억들보다 좋은 기억들이 훨씬 강하고 강렬하다. 결국 끝까지 살아남는 것은 좋은 기억들이다. 좋은 기억들은 기억하고 나쁜 기억들은 용서하고 잊어야 내가 산다.

52. 좋은 사람은 언제나 내 뒤에 있다

집단 지성, 집단 최면이라는 말이 있다. 집단 지성과 집단 최면이 옳은 방향이라면 좋은 결과가 오겠지만, 옳지 않은 방향이라면 좋지 못한 결과를 부를 것이다.

내가 겪은 학교폭력과 가정폭력은 소수에게 일어나는 일이다. 한 명이 다수를 차별하고 왕따시키는 기적이 일어나지 않는 이상, 언제나 소수에게 일어나는 일이다. 나도 소수에 포함된 사람으로서 많은 시간 동안 세상을 원망하며 살았다. 많은 사람을 방관자라는 프레임에 가두고 말이다. 피해자의 초점은 오로지 가해자들에게만 맞춰질 수밖에 없다. 그런데 사실 나를 폭행하고 소외시킨 이들은 다수가 아니라 소수의 사람이다. 학교라는 특수하고 한정된 집단 안에서 봤을 땐 분명히 가해자가 다수로 보인다. 하지만 우리나라 아니 세계 인구를 놓고 봤을 땐 티끌만큼도 안 되는 소수일 뿐이다. 몇십 명도 되지 않는 소수의 가해자 때문에 에너지를 허비하기엔 인생이 아깝다는 뜻이다. 눈길을 조금만 다른 곳으로 돌리면 나를 응원해주고 따뜻하게 안아주는 다수의 사람들을 발견할 수 있다.

나는 평소에 '종합병원'이라는 별명을 가지고 있다. 그만큼 아픈 곳이 많다는 뜻이다. 특히나 위경련과 역류성 식도염은 고질병이다. 한번 아프면 통증이 심해 걷지도 못하고 허리도 펴지 못할 정도이다. 한번은 위경련이 갑자기 일어나 기어가다시피 해서 병원을 간 적이 있다. 유독 그날따라 대기 줄은 길었다. 나는 버틴다고 버텼지만 결국 너무 아파서 병원 바닥에 뒹굴고 말았다. 그러자 대기를 하고 있던 사람들은 약속이나 한 듯 모두 내게 다가와 "괜찮아요? 어떡해!"라며 걱정해 주었고 자신들의 순번을 나에게 양보해주기 시작했다. 그 덕분에 나는 맨 첫 번째로 진료를 받았던 경험이 있다.

한때는 전동 킥보드를 타는 재미에 빠져 매일 한강을 건너 서울 시내를 돌아다녔다. 익숙한 길이었기에 내리막길에서도 속도를 줄이지 않고 타곤 했다. 그러던 어느 날 나는 방지 턱을 발견하지 못하고 붕 날아 떨어지고 말았다. 하필이면 더운 여름이라 반바지와 반소매를 입고 있었기에 심하게 다치고 말았다. 무릎과 팔꿈치가 바닥에 심하게 쓸리면서 피부는 벗겨졌고 피는 철철 나기 시작했다. 나는 너무 아픈 나머지 꼼짝도 못 하고 바닥에 누워 고통을 느껴야만 했다. 그 순간 지나가던 사람들과 주변 상가에 있던 사람들이 모두 나왔고 마치 약속이나 한 듯이 일제히 나를 도와주었다. 어떤 사람들은 약국에 들어가 구급약들을 사 오고 어떤 사람들은 나를 번쩍 들어 그늘지고 평평한 곳에 눕혀 주었다. 그렇게 사람들이 나의 상처를 소독하고 치료해 준 경험이 있다.

우리가 매일 마주치는 사람들 중엔 사실 좋은 사람들이 너무나도 많다. 뒤통수엔 눈이 달리지 않았기에 뒤를 보지 못해 모를 뿐이지, 언제나 좋은 사람들이 내 뒤에 있다. 우리는 그저 '내 곁에는 좋은 사람이 없어.'라고 생각하고 인지하지 못할 뿐이다. 언제나 좋은 사람들은 당신의 뒤에 서서 당신을 도와줄 준비를 하고 있다. 그 사실을 잊지 말았으면 좋겠다. 아직까지도 따뜻한 정은 살아 있고 여전히 살 만한 세상이다. 당신은 절대 혼자가 아니다.

53. 나누는 행복

내가 경험하고 배운 사랑은 상대방의 부족함과 약한 부분을 감싸주고 안아주는 것이다. 이 세상에 부족함이나 약한 부분이 없이 완벽한 사람은 없다. 누구나 사랑이 필요하고 위로가 필요할 뿐이다. 사람들은 흔히 사랑을 우물에 비유하곤 한다. 나의 우물이 바닥을 보일 때는 억지로 남에게 물을 퍼주지 말고, 먼저 자기 우물에 물을 채우라고 말한다. 자기 자신을 먼저 사랑해야 다른 사람에게 사랑을 줄 수 있다는 뜻일 것이다. 물론 나 자신을 사랑하고 나의 우물을 먼저 채워야 한다는 소리도 맞는 말이다. 그런데 반은 맞고 반은 틀린 말이다.

나는 도대체 어떻게 하면 내가 나를 사랑할 수 있는 것인지 모르겠다. 내가 나에게 좋은 것들을 사주고 좋은 음식들을 사주면 그게 나를 사랑하는 것일까? 이런 것들이 나를 사랑하는 논리라면 이 세상에 나 자신을 위해서만 플렉스하는 사람들은 모두 행복해야만 한다. 그렇게 따져 본다면 나는 나 자신을 사랑하지 않는다. 언제나 나는 다른 사람들이 대신 나를 사랑해 주고 채워준다. 그래서 나는 나 자신을 사랑할 필요가 없다. 그래서 나는 나를 사랑할 시간에 다른 사람들에게 사랑을 퍼준다. 물론 사랑을 퍼주기만 하다 보니 가끔씩 내 우물이 바닥을 보일 때는 있다. 그런데 그럴 때마다 신기하게도 다른 사람들이 나의 바닥난 우물을 채워준다. 결론적으로 내 우물이 말랐던 적은 단 한 번도 없다.

나를 먼저 사랑하고 그다음 다른 사람을 사랑하라는 말이 내게는 이기적인 말로 들린다. 바닥난 우물을 나 스스로 채우는 속도보다 다른 사람들에게 채움받는 속도가 훨씬 더 빠르다. 그리고 덤으로 행복하기까지 하다. 굳이 나의 시간과 노력을 들여 나의 우물을 채울 필요가 없다. 또한 자기 스스로 우물을 채워 낸 경험을 한 사람은 다른 누군가에게도 동일하게 요구하게 된다. 다른 사람을 통하여 채움을 받아본 사람 역시 자기가 받은 그대로 남을 채워준다. 둘 중 하나는 옳고 하나는 틀리다고 말하는 것이 아니다. 그저 어떤 것이 더 쉽고 보람찬 것인지를 말하는 것이다.

나는 싱가포르에서 일하던 시절 우연찮은 기회를 통해 아프리카 아이들을 위한 모금을 진행한 적이 있다. 당시 아프리카에 있는 지인의 지인분을 통해 아프리카 아이들의 실태에 대해 듣게 되었는데 마음이 아팠다. 아프리카 현지 아이들은 지인분에게 공부를 배우기 위해 매일 먼 거리를 걸어서 공부방에 온다고 했다. 아이들은 공부방에 오면 '우지'라고 하는 소기름을 넣고 만든 흰죽을 먹을 수 있었는데, 식사를 하기 위해선 아이들이 등교 시 약간의 나뭇가지와 물을 가지고 와야 했다. 내가 받아본 사진 속 아이들은 저마다 한 손엔 장작으로 쓸 나뭇가지를, 그리고 한 손엔 흙탕물을 담은 노란 세제 통을 들고 있었다.

이 아이들은 우리나라 나이로 치면 2살에서 3살 정도밖에 되지 않은 어린아이들이었다. 그런 아이들이 매일 나뭇가지와 물을 담은 세제 통을 들고 3킬로미터나 걸어오는 것이었다. 나는 너무나도 마음이 아팠다. 가스나 수도 시설도, 우물도 없어서 아이들이 나뭇가지와 물을 가지고 와주어야만 흰죽을 끓일 수 있는 상황에 더 가슴이 아팠다. 그래서 나는 그때부터 우물을 하나 팔 목표를 세웠다. 그리고 한인 지인들 몇 명과 함께 모금을 하기 시작했다. 나는 당시에 일하던 가게에 저금통을 하나 비치해 두었고 식당에서 일하는 외국인 친구들의 동의를 얻어 거둬지는 모든 팁은 모금을 하기로 결정했다. 하지만 생각보다 모금액은 잘 모이지 않았다. 그러자 외국인 친구들은 저마다 가지고 있는 돈들을 털어 모금해주었다. 그렇게 모인 금액으로 우물을 파진 못했지만 대신 깨끗한 개인용 물통을 사서 보낼 수 있었다. 우물을 파기에는 모금액이 너무 적었기 때문이다. 여러 사람의 노력과 사랑으로 모여진 돈으로 보내어서 그런지는 몰라도 모두가 뿌듯했고 보람찬 행복을 느꼈다. 그리고 우리는 다른 한인분으로부터 기특하다는 칭찬과 함께 비싼 햄버거를 얻어먹게 되었다. 우리는 우리가 모금한 금액보다 비싼 햄버거를 먹게 되었다. 그리고 돈으로는 살 수 없는 행복과 현재 나의 삶을 감사하는 감사함과 사랑을 채움 받을 수 있었다.

사실 모금하지 않고 그 돈을 오로지 나 자신을 위해서만 쓸 수도 있었다. 하지만 우리는 나의 우물이 아닌 다른 사람의 우물을 채우기로 결정했고 그 결과 다른 누군가로부터 우리의 바닥난 우물을 채움 받을 수 있었다. 결과론적으로 보면 비슷한 돈을 사용했지만, 우리가 나눔으로써 받게 된 것들이 훨씬 더 많음을 알 수 있다. 서로 함께 나누고 채워 주는 것이야말로 세상을 살아가는 가장 큰 행복이다. 결국 사랑이 삶의 목표이자 원동력이 될 때 우리는 행복할 수 있다.

54. 나를 미워하는 사람, 내가 싫어하는 사람

인간은 세상을 살면서 세 명의 사람에겐 미움을 받고, 세 명의 사람에겐 사랑을 받는다고 한다. 그리고 나의 노력과 선택에 따라 네 명의 사람을 결정할 수 있다고 한다.

돌이켜보면 살면서 나를 가장 힘들게 했던 사람은 나를 미워하는 사람들이 아니라 내가 싫어하는 사람들이었다. 어디를 가나 나를 미워하는 사람은 꼭 있듯이 어디를 가나 내가 싫어하는 사람도 꼭 한 명씩 있었다. 그래서 가끔은 나를 미워하는 한 사람 때문에 포기하고 도망을 쳤고 가끔은 내가 싫어하는 사람과 사이가 좋지 않아서 불편해서 포기하고 도망치곤 했다.

나는 언제나 모두에게 호감을 사야만 어떤 안정적인 평안함을 느낄 수 있었다. 하지만 어디를 가나 나를 미워하는 사람이나 내가 싫어하는 사람은 꼭 있었다. 한 번쯤은 없을 법도 한데 말이다. 가는 곳마다 있으니 나는 계속해서 포기하고 떠나는 선택을 할 수밖에 없었다. 그래서 나는 언제나 나를 미워하는 사람과 내가 싫어하는 사람 때문에 나를 좋아해 주는 여섯 명의 사람들을 잃어야만 했다. 사실 눈 한 번 딱 감고 무시하거나 피하면 될 일인데 그게 내 마음대로 되지 않았다. 사랑하는 마음을 내가 어떻게 할 수 없듯이 싫음과 미움의 마음 또한 내가 어찌할 도리가 없었다.

생각해보면 내가 이유 없이 싫어했던 사람들은 과거에 나를 괴롭혔던 가해자들의 느낌을 풍겨서 싫어했던 것 같다. 나는 그들과 대화를 나눠보고 내가 가진 편견을 깨볼 생각도 하지 못했다. 그냥 다가가기가 싫었고 얼굴만 봐도 짜증이 났다. 그래서 내가 싫어하는 사람과는 시간이 갈수록 사이가 나빠지기만 할 뿐이었다.

엄밀히 따져보자면 내가 싫어하는 사람들이 곧 나를 미워하는 사람들은 아니었다. 내가 싫어하는 사람들은 나의 노력과 선택에 따라 결정되는 네 명의 사람들이었다. 나는 스스로 내가 싫어하는 사람들을 나를 미워하는 사람들로 만든 것이다. '이렇게 생기거나 이런 느낌을 가진 사람들은 내 과거의 경험으로 봤을 때 이럴 거야!' 라는 나의 편견이 그들을 '나를 미워하는 사람들'로 바꾸었고 나는 그 사람들을 피해 도망 다녔던 것이다. 쉽게 말하면 내 무덤 내가 파고 내가 들어간 것이다.

내가 싫어하는 사람이나 나를 미워하는 사람은 세상 어느 곳에나 있다. 마치 썩은 고기를 찾아다니는 하이에나들처럼 내 주위를 계속해서 맴돌고 있다. 내가 싫어하는 사람에 대한 나의 편견은 잠시 내려놓고 그 사람에게 다가가 보자. 내가 싫어하는 그 사람은 나를 미워하는 세 명의 사람이 아닌 나의 행동과 선택에 따라 결정이 되는 네 명의 사람이니까 말이다. 그리고 그 사람을 내 편으로 만들어 보자. 인생을 살면서 세 명의 친구만 있으면 성공한 인생이라고 하는데 일곱 명이면 최고의 인생이 아닌가. 결국 모든 해결의 열쇠는 내가 가지고 있다.

55. 지금은 솔직해질 때이다

나는 어릴 적부터 혼나기 싫어서 거짓말을 많이 하곤 했다. 거짓말을 들킨 상황에서조차 맞기 싫어서 거짓말에 거짓말을 할 정도였다. 그렇게 거짓말하는 것이 습관이 되어서 그런지 어느 순간부턴 거짓말로 인간관계를 맺기 시작했다.

솔직하게 나는 20대 중반까지 진짜 나의 모습으로 살았던 적이 단 한 번도 없다. 다른 사람들에게 진짜 나의 모습을 소개하기엔 나 자신이 너무 초라하고 보잘것없었기 때문이다. 그래서 나는 또 다른 새로운 나를 만들어 내야만 했다. 그렇게 사람들에게 소개하는 '새로운 나'의 모습은 완벽 그 자체였다. 화목한 가정에서 태어나 부유하게 자란 외동이었고 운동도 잘하고 공부도 잘하는 모범생이었다. 그리고 어느 것 하나 모난 곳 없이 엘리트 코스만을 밟고 자란 사람이었다. 이렇게 거짓말로 만들어 낸 '새로운 나'는 인간관계를 맺기엔 최고의 소스였다.

대학교에 입학하면서 인맥이 넓어진 것도 이런 거짓말이 한몫했다. 이렇게 만들어 낸 나의 모습을 사람들이 좋아해 주고 부러워해 주니 그저 행복했다. 그래서 거짓말을 멈출 수가 없었다. 하지만 거짓말들이 지속되면서 문제점들이 하나씩 생겨나기 시작했다. 그건 내가 했던 거짓말들을 내가 기억을 하지 못하는 것이었다. 예를 들어 누군가가 나에게 "너 태권도 2단이라고 그랬나?"라고 물어보면 나는 뭐라고 말했는지 기억이 나질 않아 "3단!"이라고 했다가 나의 거짓말을 들키곤 했다. 나는 그 순간에서조차 "아 맞다! 원래 2단이었는데 최근에 3단으로 승단했어."라며 또 다른 거짓말로 위기를 모면하곤 했다. 그렇게 거짓말로 쌓은 인맥을 유지하기 위해선 내가 한 거짓말들을 모두 잊지 않고 기억해야만 했다. 하지만 몇 년이 지나니 내가 무슨 거짓말을 했었는지 기억조차 나질 않았다. 심지어 어떤 모습이 진짜 내 모습인지 혼란스럽기까지 했다.

꼬리가 길면 잡힌다고, 나는 계속해서 말실수했고 그동안 했던 거짓말들이 모두 들통이 나고 말았다. 당연히 소문은 순식간에 퍼져버렸고 내 곁에 있던 사람들은 하나둘씩 떠나기 시작했다. 언젠가 모든 진실을 털어놓으려고 생각은 하고 있었지만 나의 욕심과 두려움 때문에 망설이다 결국 사람들을 떠나게 만든 것이다. 상처받는 일이 두려워 용기를 내지 못했던 것이다. 그렇게 시간이 흐르고 나는 용기를 내기로 결심했다. 그리고 내가 거짓말로 떠나보냈던 사람들에게 연락을 시도했다. 그리고 사람들에게 숨김없이 진짜 나의 모습을 있는 그대로 털어놓았고 진심으로 사과했다. 그러자 사람들은 "거짓말을 왜 한 거야? 네가 어때서?", "이번엔 거짓말 아니지?"라며 나의 사과를 흔쾌히 받아주었다.

내게 솔직함이란 마치 사람들 앞에서 벌거벗는 느낌이었다. 그래서 부끄러워 망설여졌던 것이 사실이다. 하지만 내가 사람들에게 솔직하기로 용기를 낸 순간 나는 진짜 나의 모습을 되찾게 되었다. 나의 치부와 아픔을 다른 사람들에게 말한다는 것은 정말 힘들고 어려운 일이다. 하지만 그 순간을 뛰어넘어 솔직하게 나 자신을 드러냈을 때의 해방감과 시원함은 마치 코로나 이후 마스크를 벗는 것과 같다. 그러려면 나의 잘못을 머리로 먼저 알아야만 한다. 많은 가해자들이 무엇을 잘못했는지도 모르고 사과한다. 사과하려면 적어도 내가 무엇을 잘못했는지 정도는 알아야 한다. 감사하게도 인간에겐 양심이란 장치가 있다. 양심에 손을 얹고 생각해 보면 나의 잘못을 판별할 수 있다. 지금 솔직할 용기를 내지 않는다면 아무것도 바뀌지 않는다. 내가 솔직해진다는 것은 나를 되찾는 일이고 상처 준 사람들을 되찾는 일이다.

56. 나누면 기쁨은 두 배, 슬픔은 절반

나는 사람들과 포옹하는 것을 좋아한다. 특히나 아이들과 포옹으로 인사 나누는 것을 좋아한다. 나는 백 마디의 말보다 한 번의 포옹이 주는 힘이 대단하다고 믿는 사람이다.

내가 대학교에 처음 입학했을 때 만날 때마다 내 이름을 불러주며 두 팔 벌려 안아주던 친구가 있었다. 언제나 밝은 미소로 두 팔 벌려 안아주었다. 처음엔 징그러웠고 어색하기만 했다. 하지만 내가 기분이 좋든 나쁘든 한결같은 그 친구 덕분에 늘 위로가 되었다. 휴학을 하고 2년 만에 학교로 복학했을 때도 그 친구는 내 이름을 크게 부르며 달려와 두 팔 벌려 안아주었다.

그리고 나를 친아들처럼 아껴주었던 통영 이모도 매일 출근할 때면 나를 꼭 끌어안아 주셨다. "어이구, 요셉이 왔나!" 하면서 포근하게 안아주던 그 순간들을 나는 잊지 못한다. 친구와 이모에게 영향을 받아서인지 나도 언젠가부터 사람들을 안아주는 것을 좋아한다. 사람들 말로는 나에게서 음이온이 나오는 것 같이 편안하다고들 한다. 뭔가 안기면 편안하고 잠이 들 것만 같다나. 아무래도 친구와 이모에게서 전해 받은 것이 아닌가 싶다.

세상에서 가장 하기 힘든 일이 있다면 그건 바로 진심으로 축하하고 축복해 주는 일일 것이다. 다른 사람의 성공이나 행운과 행복을 나의 일처럼 축하해 주고 축복해 주는 일은 정말이지 어려운 일이다. 만약 갑자기 복권에 당첨되어 부자가 된 지인이 있다면 진심으로 눈물 흘리며 축하할 수 있을까? 아마도 배 아파하는 사람이 더 많을 것이다. 만약에 회사에 함께 입사한 동기가 나와는 달리 매번 승진을 거듭한다면 박수 치며 축하해 주기가 쉬울까? 겉으론 박수 쳐 주어도 진심으로 축하해 주기는 어려운 일일 것이다. 나 또한 친구가 좋은 자동차를 샀다고 자랑할 때면 축하보단 배 아프고 부러운 마음이 가장 먼저 드는 것이 사실이다. 아무리 친한 사이여도 진심으로 축하해 주고 축복해 주는 일은 그만큼 어려운 일이다.

해외에서 일하다 한국으로 들어오는 날, 교통체증으로 공항에 늦게 도착했던 적이 있다. 아슬아슬하게 수속을 밟았다. 당시 함께 한국으로 들어오는 일행이 몇 명 있었는데 막내였던 나는 맨 마지막으로 수속을 밟게 되었다. 그리고 딱 나의 차례에서 초과예약이 되어 나 혼자 비즈니스를 타고 오게 되었다. 그때 일행들은 일제히 '배신자'라며 자신들은 불편한 좌석으로 갈 테니 혼자서 편하게 누워서 오라며 배 아파했다. 물론 농담 반 진담 반이었겠지만 남의 행운을 있는 그대로 축하해 주는 일은 이처럼 쉽지 않은 일이다.

사람들은 누군가의 슬픔을 위로하는 일에는 잘 동참한다. 한 번쯤 사랑하는 사람을 떠나보내 본 경험이 있어서일 것이다. 특히나 우리나라는 한의 민족이라서 그런지 슬픔을 함께하는 것에는 특화된 것 같다. 보통 결혼식은 못 가도 장례식은 꼭 참석하라고 하지 않나. 그만큼 슬픔은 잘 나눈다. 하지만 결혼식처럼 축하해야 할 자리에는 조금은 인색한 모습을 보인다. 사실 축하해 줄 사람들이 없는 것만큼 슬프고 비참한 일 또한 없다. 진심으로 누군가를 위로하는 일은 중요한 일이다. 마찬가지로 진심으로 누군가를 축하하고 축복하는 일도 중요한 일이다. 오늘부터라도 기쁨을 나누는 일에도 최선을 다해보자. 슬픔을 나누면 절반이 되고, 기쁨을 나누면 두 배가 되기 때문이다.

57. 먼저 다가가는 일

사실 내 인생을 돌이켜보면 언제나 나에게 먼저 다가와 준 사람들이 있었다. 그렇게 먼저 다가와 준 좋은 사람들과 좋은 경험들이 없었다면 나는 아직도 분노와 우울 사이 어딘가에서 벗어나지 못하고 헤매고 있을 것이다.

누군가에게 먼저 다가간다는 일이란 요즘 시대에 쉬운 일은 아니다. 특히나 요즘은 '묻지 마' 범죄로 누군가가 다가오는 것을 경계할 수밖에 없다. 더군다나 개인주의로 인해 사람들은 대개 간섭받는 것을 싫어해서 다가가기가 쉽지 않다. 그래서인지 요즘은 혼밥(혼자 밥 먹기), 혼술(혼자 술 마시기), 혼영(혼자 영화 보기), 혼공(혼자 공부하기), 혼쇼(혼자 쇼핑하기), 혼행(혼자 여행하기)과 같이 누군가에게 간섭받지 않는 나 홀로의 삶이 유행처럼 인식되고 있고 퍼지고 있다. 더 깊이 세상을 보면 모든 것들이 반으로 갈라지고 쪼개져서 미움과 분노만이 가득한 세상이다. 점점 싸우고 다투면서 서로에게 상처 주고 결국 모두 혼자가 된다. 어쩌면 혼자가 되기를 선택하는지도 모르겠다.

지금까지 나의 이야기들을 읽어봐서 알겠지만 나도 모든 것들이 분열되고 깨지기만 하는 삶을 살았다. 그럼에도 나는 운이 좋게 그때마다 나에게 다가와 준 사람들 덕분에 혼자가 되지 않을 수 있었다. 초등학교 시절 가정의 문제로 혼자였을 때 먼저 다가와 준 담임 선생님, 중학교 시절 나를 위해 전학을 와준 친구, 고등학교 자퇴 후 혼자였던 나에게 다가와 준 승리, 엄마처럼 많은 것들을 알려주고 챙겨준 통영 이모, 죽고 싶을 만큼 힘들었던 나에게 다가와 위로해 준 어떤 할머니와 아기, 죽을 계획을 세우고 포기한 나에게 출연 섭외 전화를 일곱 번이나 해준 피디님, 혼자 있던 나에게 다가와준 지구방위대 사람들, 나를 어른으로 성장시켜 준 학원 원장님처럼 이 외에도 먼저 다가와 준 좋은 사람들이 너무나도 많다. 이런 좋은 경험들과 좋은 사람들 덕분에 혼자가 되지 않을 수 있었다고 자신 있게 말할 수 있다. 그리고 이런 사람들 덕분에 나도 누군가에게 먼저 다가갈 수 있는 사람이 되었다.

알다시피 나는 학교폭력과 가정폭력을 당하면서 다양한 연령대의 사람들에게 트라우마가 있었다. 그래서 사람에게 다가가는 것이 불가능에 가까울 정도였다. 혼자가 익숙했고 혼자가 편했다. 나와 마찬가지로 수많은 아픔과 상처로 인해 혼자가 익숙하고 편한 사람들이 많을 것이다. 그렇다면 오늘부터라도, 먼저 다가오는 사람들이 있다면 내치지 말고 마음 열어 보기를 바란다. 만약 먼저 다가와 주는 사람이 없다면 내가 먼저 마음 열고 사람들에게 다가가 보는 것도 좋은 방법이다. 절대로 '혼자'라는 익숙함과 편함에 속아 '함께'라고 하는 기쁨을 놓치지 않았으면 좋겠다. 좋은 사람이 있다는 것을 경험한다면 사람에게 다가가는 일은 그렇게 어렵지 않다. 누군가 당신에게 다가와 줄 용기를 냈듯이, 당신도 먼저 용기를 내어 다가 가보자.

58. 인과응보는 있을까?

　나는 살아오면서 인과응보란 말을 참으로 맹신했다. 그리고 실제로 이루어지길 그 누구보다도 간절히 바랐다. 하지만 자주 일어나지는 않는 일 같았다. 간혹 뉴스를 통해 인과응보처럼 보이는 일들을 접하긴 했으나 어디까지나 나에게는 일어나지 않는 '운 좋은 남일'이었다. 만약 인과응보가 있었다면 진작 억울한 피해자는 줄어들었어야 한다. 그리고 이 세상은 착한 일을 하는 사람들로 가득 찼어야만 한다. 상과 벌이 확실한데 착한 사람이 훨씬 많아지는 것이 정상 아니겠는가. 그럼에도 시간이 지날수록 나쁜 사람들이 훨씬 더 많아지는 것 같다. 착한 일만 하고 사는 사람을 보기가 드물다. 오히려 계속해서 나쁜 짓만 하고 사는 사람들이 많이 보일 뿐.

　세상을 살면서 좋은 일만 계속해서 생기는 사람은 없다. 그렇다고 계속해서 나쁜 일만 일어나는 사람도 없다. 오히려 착한 일을 하고도 아픔만을 겪는 사람도 있고, 나쁜 일을 저지르고도 행복한 사람을 볼 수 있다. 만약 인과응보가 사실이라면 그 누구도 깨끗할 수 없고 자유로울 수도 없다. 살면서 단 한 번이라도 누군가에게 상처를 주지 않거나 죄를 짓지 않는 사람은 없기 때문이다. 정도의 차이는 있겠으나 크든 작든 상처는 상처고, 죄는 죄이다.

나는 이 세상 누구에게나 어떤 일이든 벌어질 수 있다고 본다. 한순간 가해자가 될 수도 있고 피해자가 될 수도 있다. 그래서 나는 인과응보는 없다고 믿는다. 어쩌면 인과응보라는 말은 내가 벌주고 해결할 수가 없으니, 하늘이 대신해서 벌주길 소원하는 마음에서 만들어진 말이 아닐까 싶다. 많은 사람들이 인과응보라는 따끈하고 달콤한 말만 믿고 죽을 때까지 누군가를 미워하고 아파하기만 한다. 나 또한 많은 시간을 복수라는 감정으로 살아왔기에 그 감정들을 너무나도 잘 알고 있다. 하지만 내 삶을 그런 감정들에 갈아넣기에는 우리의 인생이 너무나도 아깝다.

나는 오랜 시간 분노와 우울한 감정 사이에서 헤매었다. 누구보다도 카르마를, 인과응보를 원했다. 돌이켜 생각해 보면 이런 말들을 믿고 허비한 내 시간과 에너지가 정말 아깝다. 나는 운이 좋게도 용서와 화해를 찾으면서 벗어날 수 있었다. 용서와 화해라는 말이 이질적이고 거부감이 든다는 것에 100퍼센트 동의한다. 나도 그랬으니까 말이다. 하지만 용서와 화해가 분노와 우울 사이에서 헤매던 나를 끄집어내 준 것도 사실이다. 용서는 화해를 하기 위한 과정일 뿐이고 화해는 모두가 해피엔딩이 될 수 있는 부작용 없는 백신이다. 그리고 이 모든 것은 그저 당신의 인생을 다시 시작하기 위한 준비물들일 뿐이다. 눈 딱 감고 이 해방감과 행복을 한 번만 경험해 보길 바란다.

59. 사랑은 배우면 된다

　내가 살면서 다가올 미래 중 가장 불안함을 느낀 부분은 결혼이
었다. 나는 이미 결혼을 한 번 할 뻔했던 경험이 있었기에 누구보다
도 결혼에 대한 불안함을 많이 느꼈다. 상견례를 할 때 나의 부모님
을 소개할 자신이 도저히 없었고 결혼식에 부모님 두 분을 모두 초
청할 자신도 없었다. 물론 두 분이 함께 올 일은 없지만 말이다. 그
렇다고 부모님이 없는 결혼식을 하기엔 남들의 시선이 신경 쓰이
고 부끄러웠다.

　만약 기적적으로 결혼에 성공한다고 해도 자식을 낳을 자신이 없
었다. '부모의 DNA를 물려받았으니 나도 언젠가 괴물이 되진 않을
까?'라는 막연한 두려움이 있었기 때문이다. 나는 커오면서 소름이
돋을 정도로 싫었던 나의 모습이 있다. 그건 바로 그토록 닮기 싫었

던 부모님의 모습들이 나에게서 나타날 때였다. 나의 목소리에서 아버지의 목소리가 들렸고 나의 기침 소리에서 아버지의 기침 소리가 들렸다. 그리고 어머니의 예민함이 나에게서 나타났고 자연스럽게 수면제나 술에 의지하는 모습이 나타나기도 했다. 그토록 싫어했고 닮지 않기로 다짐했음에도 자연스럽게 나올 때마다 소름이 돋았다. 그럴 때마다 나는 결혼에 대한 생각을 포기했다.

만약 내가 부모님 중 한쪽에게서만 가정폭력을 당했다면 내가 괴물이 될 확률은 50퍼센트일 것이다. 하지만 나는 부모님 둘 모두에게 가정폭력을 당했다. 그러니 유전이 될 확률은 100퍼센트라고 생각했다. 아무리 생각해 봐도 희망이란 요소를 찾을 수 없었다. 그리고 내 주변을 조금만 둘러보면 내 생각이 옳다는 것을 확인할 수 있었다. 아버지의 형제들과 할아버지만 봐도 하나 같이 가정에서 폭력적인 폭군이었다. 그리고 하나같이 모두 이혼했다. 이러니 더욱더 희망을 찾을 수 없었다. 그래서 나는 결혼을 하지 않는 것이 가정폭력의 고리를 끊어내는 유일한 방법이라고 생각했다. 내가 가져보지 못한 행복한 가정이 너무나 가져보고 싶었지만, 한낱 나의 호기로운 가벼운 선택이 나와 같은 피해자를 양산할 수 있다는 생각에 꿈조차 꿀 수 없었다. 내가 만약 결혼하고 자식을 낳았는데 뒤늦게 나에게서 나의 부모님과 같은 폭력적인 행동들이 나오게 된다면, 그땐 진짜 되돌리고 싶어도 되돌릴 수 없는 일이기 때문이다.

이런 굳은 다짐을 가지고 살다가도 결혼을 하고 싶을 때가 많았다. 지인들이 화목하고 행복한 가정을 만들고 살아가고 있는 모습을 볼 때, 그리고 해맑고 귀여운 아기들을 만날 때는 정말이지 결혼이 너무나도 하고 싶었다. 나도 화목한 가정을 가질 수 있을 것 같은 욕심이 생겨서 그게 너무 괴로웠다. 하지만 이런 생각들은 나의 착각이었다.

어디서 들은 말인데, 어른이 되면서부터 겪는 고난과 역경들을 헤쳐 나갈 힘은 부모에게서 받은 사랑이 원동력이 되어준다고 한다. 하지만 정말 다행인 점은 사랑을 배우고 경험하는 것에는 딱히 정해진 시기가 없다는 사실이다. 사랑은 언제든지 배우면 된다. 원하면 결혼도 하고 자식도 낳아서 사랑을 전해주면 된다. 분명히 나의 부모와는 다른 화목한 가정을 만들 수 있다. 지금 내가 변하면 미래의 나의 가정도 변한다. 그래서 나는 다시 행복한 가정을 꿈꾼다.

60. 그만큼 아팠으면 됐다

내가 살아온 시간의 대부분은 복수심과 분노, 증오, 원망, 혐오와 같은 부정적인 것들로 가득 차 있었다. 그래서 아팠고 외롭고 슬펐다. 어느 때부턴가 나의 아픔이 나의 자랑이 되었을 만큼 가진 것이라곤 부정적인 것밖에 없었다. 딱히 사람들에게 자랑할 만한 것들이 없었기에 나는 나의 아픔과 시련을 자랑할 수밖에 없었다. 가끔 대화를 나눌 때 누군가가 나에게 "나는 이런 일도 겪어봤어. 진짜 안 겪어본 사람은 몰라."라고 말할 때가 있다. 그럴 때마다 나는 괜한 자격지심에 "그 정도는 아무것도 아니다. 내가 겪은 일의 10분의 1만 겪어봐. 넌 진짜 행복한 거야!"라며 나의 아픔을 자랑하곤 했다. 내세울 것이 없으니 아픈 경험에서라도 다른 사람들보다 우위에 서고 싶었던 것 같다. 그래서 언제나 나의 아픔이 나의 유일한 자랑이었다.

이런 내게 주변 사람들이 하는 말들이 있었다. 태어나서 숨을 쉬고 살아갈 수 있는 것만으로도 감사하라고 말이다. 물론 나도 감사하고 긍정적인 생각을 하면서 살아야 한다는 것을 머리로는 알고 있었다. 하지만 전혀 감사하지 않는데 어떻게 감사를 하고 긍정적인 생각을 하겠는가. 나는 이미 태어나는 출발선부터 불공평하다고 생각했기 때문에 전혀 감사하지 않았다. '죽지 못해 살아 있는 사람한테 감사라니 정말 나한테 관심이라곤 없구나.'라는 생각만 들었다. 그래서 나는 매일을 뭔가에 홀린 것처럼 부정적인 생각에 사로잡혀 살았다. 밝은 빛 따윈 새어 들어올 수 없는 어둠에 갇힌 것처럼 말이다.

다행히 시간이 흘러 모든 것을 잃고 사람들과 화해를 하고 난 후부턴 조금씩 틈이 생기기 시작했다. 그때부터 나는 감사를 연습하기 시작했다. 감사할 일들이 생겨서 감사하는 것이 아니었다. 그저 감사를 연습하다 보니 똑같은 상황도 감사한 일들로 보이기 시작한 것일 뿐이다. 책 전반에 걸쳐 소개한 모든 것들이 연습이었다. 옛날이라면 맛있는 음식을 먹는 일은 모래를 씹어 먹는 듯 괴로운 시간이었을 것이다. 버스를 타고 한강을 지나가는 일도 그저 나의 일과 중 하나였을 것이다. 하지만 세상을 바라보는 관점이 달라지니 맛있는 음식을 먹는 시간이 감사하고 출퇴근길에 지하철에서 보는 한강이 감사했다. 밤에 잘 자고 아침에 잘 일어나서 감사했고 변비 없이 화장실을 잘 가는 것도 감사했다. 지금은 나의 하루 중 절반 이상이 웃음 가득한 행복한 시간들로 채워져 있다. 나는 이제 얕은 수면을 취하지도 않는다. 행복할 만큼 깊은 잠을 자고 행복한 꿈도 많이 꾼다. 옛날이라면 전혀 상상도 하지 못했을 삶을 현재 살아가고 있다. 하나가 풀리기 시작하면 나머지는 알아서 풀리기 시작한다. 그만큼 아팠으면 이제는 행복해져도 된다.

61. 화해하는 중입니다

　내가 살아가는 궁극적인 이유와 목표는 사람들과 함께하며 사랑하는 것이다. 알다시피 이전까지의 나의 인생 최대의 목표는 복수였다. 그래서 우울과 분노의 늪에서 허우적거렸다. '최고의 복수는 잘 사는 것이다.', '최고의 복수는 성공이다.', '최고의 복수는 용서이다.' 이런 말들을 한 번쯤은 들어 본 적이 있을 것이다. 다 맞는 말이다. 우리는 잘 살아야 하고 성공도 해야 하며 용서도 해야 한다. 그런데 내가 경험을 해보니 그것들은 모두 자기 자신만을 위한 반쪽짜리 말들이었다.

　사람들은 '용서'라는 말을 부담스러워하고 거부하는 경향이 있다. 용서를 어떤 면죄부와 같이 생각한다. 앞서 말했듯이 나는 용서의 정의를 '잊어줌'이라고 표현한다. 용서란 이기적으로 보일 정도로 지극히 나 자신만을 위한 행위이다. 곰곰이 생각해 보면 나를 가장 힘들게 하는 것은 과거의 기억이다. 그래서 내가 살기 위해 용서를 하는 것이다. 나는 내가 사랑하는 사람들과는 화해했고, 일방적으로 나를 가해한 사람들은 용서했다. 다르게 표현하면 내가 사랑하는 사람들과는 서로가 서로의 과거를 잊어주었고, 일방적으로 나를 가해한 사람들은 나를 위해 그 과거를 잊어준 것이다. 모든 사람들과 화해하면 좋겠지만 그렇지 못한 경우가 더 많기 때문이다. 용서할 건 용서하고 화해할 건 화해하고 잊을 건 빨리 잊으면 된다.

지금 이 마지막 글까지 읽어 왔다면 나의 짬뽕 된 감정들과 생각들을 느꼈을 것이다. 용서를 했다가, 복수를 하려 했다가, 죽으려 했다가, 포기를 했다가 말이다. 사실 성인이 되고 나서부터는 복수에 빠져 살았다. 그땐 복수가 유일한 정답이라고만 생각했다. 20대 후반에는 용서를 경험하면서 용서만이 유일한 정답이라고만 생각하고 살았다. 사실 이 모든 것들은 나의 새로운 제2의 인생을 위한 도구들일 뿐이었다. 돌이켜보면 우울과 분노 사이에서 지낼 때가 더 평온했을 정도로 화해라는 결말까지 오는 길은 거칠고 험했다. 솔직히 다 포기하고 싶을 때가 더 많았다. 다시 우울과 분노의 자리로 돌아오고 싶어서 말이다. 그러나 결국 좋은 사람들과 좋은 경험들 덕분에 화해의 길로 들어설 수 있었다. 화해는 서로가 서로에게 용서를 구하고 받아주어야만 가능하다. 그래서 화해에는 어떤 복수의 감정이나 부정적인 감정 따위는 없다. 화해는 서로가 서로를 용서하는 것이기 때문에 그 어떤 부작용도 없다. 말했다시피 서로의 잘못을 이해할 수 없기 때문에 서로의 잘못된 과거를 잊어주는 것이다. 그리고 화해에는 누가 먼저 사과를 해야 하는지에 대한 순서도 없다. 먼저 손 내미는 사람이 스타트를 끊는 것일 뿐이다. 화해를 한 덕분에 나는 남은 인생을 어떻게 하면 행복하게 살 것인지 고민하고 노력하고 있다.

내가 말하는 화해와 용서는 비단 사람과 사람 사이만을 말하는 것은 아니다. 과거의 나 자신과의 화해도 있고 원망 가득한 세상과의 화해도 있다. 내가 말하는 세상과의 화해 속엔 지하철도 있고 영화관도 있다. 무슨 말을 하는지 알 것이라고 생각한다. 위로가 될지는 모르겠지만 나는 아직도 여전히 누군가와 다툰다. 가끔은 몹쓸 말들로 본의 아니게 다른 사람에게 상처를 주기도 한다. 상처를 받기도 한다. 하지만 나는 또다시 화해의 손길을 내민다.

용서하고 화해했다고 해서 한순간 좋은 사람이 되고 완벽한 삶을 산다는 뜻이 아니다. 어쩌면 우리는 죽을 때까지 다투고 용서하고 화해하면서 살아가야 할지도 모른다. 만약 우리에게 화해할 대상과 목적물이 없다면, 그곳은 천국일 것이다. 결국 우리는 사랑하고 나누면서 행복하기 위해 살아간다. 그래서 나는 오늘도 화해하고 있다. 미움은 다툼을 일으키고, 사랑과 화해는 모든 서로의 잘못과 허물을 가려준다.

마침글

    내가 필리핀에서 포기하고 한국으로 돌아오는 날, 교장 선생님에게서 편지를 한 통 건네받았었다. 편지의 내용 중 일부를 공유한다.

    "세찬 폭풍우가 몰아칠 때 뿌리와 열매 중에서 하나를 지켜야 한다면 무엇을 지키겠습니까? 당연히 뿌리를 지켜야겠지요. 뿌리가 뽑히면 열매가 아무리 많은들 아무 소용이 없습니다. 그런데도 대부분의 사람들은 아직도 열매에만 집착하고 있습니다. 뿌리가 썩어 언제 송두리째 뽑힐지 모르는데 말입니다.

    이제는 뿌리를 깊이 내리며 폭풍우와 차가운 겨울을 참고 견디어야 할 때입니다. 사실 따지고 보면 인류의 역사상 인간의 삶이 쉬웠던 적은 없었습니다. 안락함과 편안함에 길들어져 살다가 갑작스러운 시련과 고난을 마주하게 되니 당혹스러운 것입니다.

그러나 사실은 이제야 비로소 바로잡을 기회가 온 것입니다. 몸과 마음, 물질과 정신, 성과와 행복, 다툼과 용서와 같이 상반되어 보이는 것들이 조화를 이루는 지혜의 시대가 제자리를 잡게 되는 것입니다.

뿌리가 튼튼해지거나 썩어 들어가는 것은 겉으로는 절대 보이지 않습니다. 인내와 고통 그리고 긴 세월을 준비해 왔느냐에 따라 싹을 움트고 황량한 곳에서도 생명이 솟아나는 것입니다. 눈에 보이는 열매에만 집착할 것이 아니라 뿌리를 튼튼히 하다 보면 열매는 자연스럽게 얻어지게 될 것입니다."

딱 10년 전 받았던 편지인데 이 편지의 내용을 이제야 이해하고 깨닫게 되었다. 어쩌면 교장 선생님은 이미 나라는 사람이 어떤 사람인지 알고 계셨던 것 같다.

사실 우리나라는 단기간에 엄청난 경제적 성장을 이루면서 합병증과 같은 아픈 문화들도 함께 많이 생겨났다. 점점 개인주의가 되어가고 이기주의가 되어가고 가정폭력과 학교폭력이 빈번해졌다. 이제는 온라인상에서 누군가를 익명으로 서슴지 않고 마녀사냥을 하고 상처를 준다. 이런 좋지 않은 문화들은 더욱더 음지로 들어가 교활하고 악랄하게 변화해 가고 있고 반복되고 있다. 그리고 모든 것들이 이분법적으로 나뉘고 있다. 거의 대부분의 모든 것들이 다툼과 상처를 통해 반으로 갈라지면서 분열과 아픔만이 가득하다.

사실 이론적으로는 해결 방법은 간단하다. 용서할 건 용서하고 화해할 건 화해하고 화합할 건 화합하는 것이다. 지금 이 시대엔 사랑이 필요한 상처와 아픔을 가진 사람들이 너무나도 많다. 하지만 여러 이유들로 다투고 갈라지면서 서로 싸우기 바쁜 것이 현실이다. 사실 모든 것들이 '그럴 수도 있고 아닐 수도 있다.'라는 사실을 기반으로 하고 있기 때문에 다툼은 끝이 없다. 계속해서 다툴 뿐이다. 그럼에도 이런 끝이 보이지 않는 악순환들을 해결해 줄 방법이 용서이고 화해이다.

내가 정의한 '용서'란 '잊어줌'이고 '화해'란 '서로가 잊어줌'이다. 나 혼자서만 과거를 잊으면 용서가 되는 것이고 서로가 서로의 과거를 잊어주면 그건 화해가 되는 것이다. 사실 나도 평생을 피해자로 상처받고 살아왔기 때문에 나를 가해한 가해자를 완전히 용서하지 못했다. 어쩌면 이런 반응이 당연할 수도 있다. 하지만 잘 생각해 보면 나 또한 알게 모르게 누군가에게 상처를 주면서 살아왔다.

내가 먼저 상처 준 사람들에게 용서를 구하고 용서를 받아보면서 그 경험으로 나 또한 나에게 상처를 준 가해자들을 조금씩 용서할 수 있게 되었다. 만약 나의 용서에 상대방도 용서로 회답한다면 이것이 화해인 것이다. 서로가 서로의 허물을 잊어주고 사과하는 것이 화해이다.

어찌 되었든 우리가 살아가는 이유는 단 한 가지이다. 태어나 죽는 순간까지 사랑하고 행복하기 위해서이다. 생각보다 우리가 이 세상에 머물렀다 가는 시간은 길지 않다. 서로가 서로를 사랑하고 행복하기만 하기에도 시간이 짧다는 소리다. 이런 짧고 유한한 시간을 오직 상대방을 증오하고 미워하는 곳에만 사용한다는 것은 너무나도 억울하고 아까운 일이다. 화해는 이런 감정들과 아픔을 지우고 그 자리에 행복한 감정들과 사랑의 시간을 채워 준다. 사실 계속해서 앞으로 나아가지 못하게 만드는 것은 '죄책감'과 '수치심'을 겪었던 기억들이다. 화해는 이런 죄책감과 수치심의 기억을 지워주는 지우개인 셈이다. 다툼과 용서라는 상반되어 보이는 것을 하나가 되게끔 조화를 이루어 제자리를 찾도록 도와주는 것이 '화해'이다.

사람이 누군가를 온전히 알기 위해선 내가 그 사람이 겪었던 일들을 경험해 봐야만 알 수 있다. 경험을 해보기 전까진 모든 것이 추측이고 의심일 뿐이다. 내가 빠져 있는 구덩이에서 나와 보아야 비로소 넓은 세상을 볼 수 있듯이 말이다. 용서와 화해라는 각기 다른 지우개를 지혜롭게 적재적소에 잘 사용해서 아픈 그곳에서 빨리 빠져나오길 바란다.

　지금 이 문장을 읽고 있는 이 순간, 그동안 사랑은 하지만 연락을 망설였던 소중했던 사람에게 연락해 보길 권한다. 그리고 나와 동일한 화해의 기쁨을 경험하고 맛보길 바란다. 길고 길었던 아픔에서 벗어나 이젠 행복해지길 간절히 바라고 기도한다. 그만큼 아팠으면 됐다.